KB120016

임인년 일곱 호랑이들의 이야기

우리는
다시
태어난
BMZ
세대

임인년 일곱 호랑이들의 이야기

우리는 다시 태어난 BMZ세대

초판 1쇄 발행 2022년 12월 9일

지 은 이 홍종철, 오서진 외 5인
발 행 인 권선복
편   집 오서진
디 자 인 박현민
전 자 책 서보미
발 행 처 도서출판 행복에너지
출판등록 제315-2013-000001호
주   소 (07679) 서울특별시 강서구 화곡로 232
전   화 010-3267-6277
팩   스 0303-0799-1560
홈페이지 www.happybook.or.kr
이 메 일 ksbdata@daum.net

값 20,000원
ISBN 979-11-92486-45-1 (03810)

도서출판 행복에너지는 독자 여러분의 아이디어와 원고 투고를 기다립니다. 책으로 만들기를 원하는 콘텐츠가 있으신 분은 이메일이나 홈페이지를 통해 간단한 기획서와 기획의도, 연락처 등을 보내주십시오. 행복에너지의 문은 언제나 활짝 열려 있습니다.

임인년 일곱 호랑이들의 이야기

우리는
다시
태어난

BMZ
세대

1962

BMZ

저자 홍종철, 이성진, 이재오, 이건덕

오서진, 박은영, 권영순

도서
출판 **행복에너지**

"글쓰기는 언제나 어려웠고
가끔은 거의 불가능했다."
〈어니스트 헤밍웨이〉

문주현

　살면서 글을 쓴다는 것은 또 하나의 새롭고 창조적인 삶을 실천하고 자신의 자취를 남기는 소중한 일이 될 것입니다.

　62년생 검정고시 출신들이 서로 뜻을 모아 회갑기념 수필집 출간과 오서진 박사의 회갑기념 논문집 출간을 한다는 소식에 많은 축하와 함께 격려를 드립니다.

　62년생에게 환갑이란 의미는 십간과 십이지의 조합으로서 자신이 출생한 해(임인년/壬寅年)의 간지가 다시 돌아왔다는 것으로 태어난 지 어연 60년이 되었다는 것입니다. 천지가 한 바퀴 돌 만큼 살아온 인생 사이클 중의 한 부분을 글로 남기겠다는 생각과 그 생각을 직접 실천하는 노력과 의지에 박수를 보냅니다.

　60년간 살아오면서 축적해온 인생경험과 지식은 자신들의 삶을 풍부하게 살찌워 왔을 것이며, 사회와 이웃에도 선한 기여를 했을 것이라고 생각합니다.

　지금까지 쌓아온 인생의 자산을 바탕으로 검정고시 동문회의 발전에도 많은 기여를 해주시기 바랍니다.

출간되는 수필집에는 우리 동문들이 공통적으로 극복하고 헤쳐 나온 배움에의 여정, 검정고시 이야기가 있을 것이라 생각되어 한층 기대가 됩니다.

또한, 62회 오서진 박사의 회갑 기념 논문집 출간은, 그동안 어려움 속에서도 학문에 주력하여 쌓아올린 형설의 공으로 만들어진 연구 실적의 결과물입니다. 오서진 박사가 이 사회에 빛이 되어 밝은 사회로 나아가는 데 지지층이 되는 학자로 성장하길 기원하는 바입니다. 이 세상을 더 빛나게 하는 것도, 이 세상을 더욱 두렵게 만드는 것도, 바로 우리의 생각에 달려 있다고 하였습니다. 바쁜 삶 속에서도 그 빛나는 생각과 상상을 정리하여 글로 표현하고자 했다는 것에 다시 한번 격려를 보내며, 62회 범띠생들의 가정에 건강과 행운이 늘 함께하길 기원합니다.

2022. 12.
전국검정고시 총동문회 총회장   문주현
(MDM그룹 회장, 문주현 장학재단 이사장, 한국자산신탁 회장)

박영립

임인년생 62회 후배 여러분들의 회갑을 진심으로 축하합니다.

'신은 다시 일어서는 법을 가르치기 위해 넘어뜨린다'는 말이 있습니다.

이 수필집에 나오는 필자들은 인생의 고비에서 넘어질 때마다 번번이 다시 일어섰고 그렇게 넘어졌다가 일어섰기에 오늘의 자신이 있다고 믿는 사람들이기도 합니다.

이 수필집이 남들이 가지 않은 길이나 다른 길이 틀리거나 잘못된 길이 아니라 새로운 길이 될 수 있다는 꿈과 희망의 메시지가 되길 소망하며, 이제 회갑을 지난 다시 시작되는 제2의 인생에서 건강하게 가치 있는 노년의 삶으로 거듭나기를 기원하는 바입니다.

또한, 62회 오서진 박사의 회갑 기념 논문집 출간을 축하합니다. 많은 연구와 노력으로 논문집을 출간하게 되어 검우인 선배로서, 함께 기쁨과 보람을 나누겠습니다.

매년 2회 학회지를 발간하는 한국여가복지경영학회의 송동섭 회장님을 비롯한 함석종 교수님, 신용선 박사님 등 많은 검우인들의 학회 활동에 찬사와 격려를 보내드리며, 검우인들이 활동하는 한국여가복지학회 역시 무궁한 발전을 기원합니다.

2022. 12.
법무법인 최앤박 대표 변호사 박영립
(전국 검정고시 총동문회 초대회장, 현, 동문회 고문)

정세균

안녕하십니까? 자랑스러운 검정고시 동문이자 여러분의 선배 정세균입니다.

62회 후배님들의 회갑 기념 수필집 출간과 오서진 박사의 회갑 기념 논문집 출간을 진심으로 축하드립니다.

회갑(回甲)은 자기가 태어난 해가 다시 돌아오는 만 60세를 뜻합니다. 과거에는 70세 이상의 노인이 적었고 수명이 짧았기에 회갑을 큰 경사로 여기고 마을 잔치를 하며 장수를 기원하던 전통이 있었습니다. 이제 회갑 잔치는 현대 의학 기술 발달과 평균 수명 연장으로 거의 사라지고 가족들 간 간단한 식사 모임 정도로 축소되었습니다.

임인년 올해 회갑을 맞이한 후배님들은 우리 근현대 역사에서 경제난을 겪던 시기에 태어나 어려운 환경을 극복하고 성장한 의지의 한국인들입니다. 대한민국 민주주의를 이끈 세대이며, IMF 환란을 비롯한 여러 위기 속에서도 여러분의 저력으로 오늘의 빛나는 대한민국을 만들어 왔습니다.

1950년 시행된 검정고시는 올해 72주년을 맞았으며, 검정고시로 초중고 졸업학력을 인정받은 수백만의 동문들이 있습니다. 한국사회에서 우리 검정고시인들은 높은 역량을 바탕으로 중추적 역할을 하고 있으며, 전국검정고시 총동문회에서 만나는 각 분야 검우인들의 자랑스러운 모습에 명품동문회에 대한 자긍심과 뿌듯함을 느끼게 됩니다.

그런 점에서 이번에 출간되는 여러분들의 수필집과 오서진 박사의 논문집이 검정고시인들에게 새로운 동기를 부여하고 세상을 밝게 비추는 등불이 되길 기원합니다. 다시 한번 출간을 축하드리며 임인년 범띠 후배님들의 행복과 더 큰 성장을 기원합니다. 감사합니다.

2022. 12.
제46대 국무총리 정세균
(제20대 전반기 국회의장, 제15·16·17·18·19·20대 국회의원)

수일우 조천리 (守一隅 照千里)

김형철

62년 동문들께서 회갑 기념 수필집과 오서진 박사의 회갑 기념 논문집을 출간한다는 소식을 듣고 여간 기쁜 것이 아니었습니다. 제가 57년 동문인데, 지금으로부터 5년 전인 2017년에 17인의 검정고시인들이 『열정, 그 길에서 세상의 빛이 되다』라는 제하의 수필집을 발간한 기억이 새롭게 떠올랐기 때문입니다. 당시 국회의장이셨던 정세균 동문을 비롯한 17명의 동문이 각자의 이야기로 한 권의 책을 엮었던 것입니다.

그 책에는 두 분의 격려사가 포함되어 있습니다. 그 두 분은 그때나 지금이나 총동문회 회장을 맡고 계신 문주현 회장님과 박영립 초대 회장님이십니다. 62년 동문들의 수필집에도 문주현 회장님과 박영립 고문님의 축사가 포함된다고 하니 전국검정고시 총동문회에 대한 두 분의 애정이 남다르다는 것을 느끼게 됩니다.

회갑을 맞이한 62년 동문님들은 지금이 자신의 분야에서

 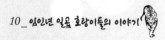

최고의 경지에 오른 시기일 겁니다. 검정고시를 치러야 했던 사연은 사람마다 다르겠지만, 그 후에 겪으며 느낀 사연들은 다 같은 마음일 것입니다. 중요한 것은 여러분은 그 모든 것을 헤치고 지금의 위치에 올랐으며, 아직도 자신과 가정과 직장 그리고 사회와 국가를 위해 해야 할 일이 많이 남아 있다는 것입니다.

제가 지금도 풀지 못하는 수수께끼는 "어떻게 대한민국은 이처럼 엄청난 발전을 이룩할 수 있었을까?"라는 의문입니다. 돌이켜 보면 제가 지금껏 이루어 놓은 것은 한 줌의 흙도 안 되는 것들뿐인데, "지금의 대한민국은 대체 누가 만들어 놓은 것인가?"라는 의문입니다.

그리고 보니 하나의 문구가 떠오릅니다. 수일우 조천리 (守一隅 照千里)!

'하나의 작은 귀퉁이를 지키면 천 리를 밝힐 수 있다'는 옛 선인들의 말씀과 같이 내가 지금껏 이룬 것은 보잘것없지만, 우리가 함께 만든 것은 세계 10대 경제대국 대한민국입니다.

62년 동문 여러분! 그리고 연구 실적을 논문집으로 엮어 회갑 기념으로 발간하는 오서진 박사님! 지금부터 세상은 여러분의 것입니다. 그동안 갈고 닦은 기량을 마음껏 여러분의 분야에 펼쳐 보이십시오. 여러분들이 각자의 분야를 지키면 대한민국은 밝아질 것입니다. 지금 우리가 직면한 경제적 어려움과 안보상의 우려도 극복할 수 있을 것입니다. 그래서 아름다운 대한민국을 우리의 아들과 딸 그리고 손주들에게 물려주는 자랑스러운 검우인이 되기를 함께 기원합니다.

2022. 12.
한국군사문제연구원 원장 김형철
예비역 공군 중장

축사

**믿음직하고 자랑스러운 후배님들의
회갑연을 진심으로
큰 박수와 함께 축하드립니다**

이창효

지나온 60평생은 개인과 가정의 보금자리를 위해, 그리고 사회적인 책임과 이웃사랑을 위해 모진 역경을 이겨내며 행복으로 승화시킨 아름다운 삶이었습니다.

하지만 지금부터 삶은 더 중요할 것입니다.

'회갑'이란 다시 돌아왔다는 뜻이 담겨져 있기에 지금부터 '시작'이라는 더 큰 의미가 내포되었다고 합니다.

즉, '인생은 60부터'라는 말이 있듯이 이제 새로운 인생의 시작이며 출발입니다.

인본주의자이며 남아공 대통령이었던 넬슨 만델라께서 "용기란 두려움이 없음이 아니라 그것을 극복하는 승리임을 배웠다, 용기 있는 자란 두려움을 느끼지 않는 자가 아니라 두려움을 정복하는 자이다"라고 말했듯이 후배님들의 여생에 더 큰 꿈을 향해 용기 있게 도전해 보심은 어떨는지요?

그리하여 각자의 삶에서 최고의 달인과 리더가 되셔서 더 많은 사람들에게 존경과 사랑 받고 감사가 넘치는 인향만리의 삶이 되시길 진심으로 기원드립니다.

마지막으로, 오서진 박사의 회갑 기념 논문집 출간도 축하드립니다.

항상 어느 곳에서 최선을 다하며 노력하는 오 박사의 모습에 격려와 응원의 박수를 드리며 연구자 및 학자로서 건강하고 행복하시길 진심으로 축원합니다.

2022. 12.

육군정책연구위원장 예)중장 이창효

우리나라의 극한 문화와 가치관의 변화는 일제 강점기를 거치고 6.25 전쟁 이후 70년대 후반까지 소용돌이처럼 급격하게 발생되었으며 1982년 인터넷이 미국에 이어 세계에서 2위로 우리나라에 보급되면서 IT 강국으로 거듭나게 되었다. 베이비부머 세대 이후 태어난 세대와 1962년생인 우리 세대의 정서적, 문화적 차이는 상당히 큰 편차로 상이할 수밖에 없다.

6.25 전쟁 후 1953년 7월 27일 22시에 체결된 한국 군사 정전에 관한 협정으로 한반도 군사분계선을 사이에 두고 휴전된 대한민국이 성장통을 겪는 와중에 태어난 우리 세대는, 오랜 유교사상으로 고착화된 웃어른 세대와 서구의 문화와 IT산업으로 인하여 디지털 세대로 성장해온 자녀 세대, 또는 청년 세대들 사이에 끼인 세대이다.

우리는 각 세대의 문화적 차이에 적응해야 했고 사회적 제약과 인내를 감수해야 할 만큼 문화와 이념, 관습의 차이로 어려운 점이 많은 굴곡진 세대이기도 하다.

본 수필집은 1962년 임인년에 태어나 국가 전체가 경제적으로 빈곤했던 1970년대에 청소년기를 보냈던 이들로 2022년 회갑을 맞이한 검정고시동문 친구들이 자유글을 모아 출간하게 된 기념수필집이다.

　우리는 기존 노년 세대인 부모 세대와 격변된 문화의 자녀 세대의 중간 세대로 살아가고 있지만 창의적이고 긍정적인 사고로 이 사회에 훌륭한 지지층이 되며, 건강하고 멋진 노년으로 성공된 노후를 살아가기를 희망하며 이 책의 소개글을 마친다.

2022. 12.

여의도 사무실에서 저자 일동

우리는 깨어있는 BMZ 세대!

BMZ 세대란, 현대사회에서 인류의 현실이 되어버린 메타버스플랫폼 시대에 신노년 세대인 베이비붐 세대(Baby Boom)[1]와 더불어 1980~1994년 사이에 태어난 '밀레니얼 세대'와 1995년 이후에 태어난 'Z세대'를 통칭 MZ세대의 생활문화생태계를 융합하기 위하여 오서진 박사가 이번 공저에서 창시한 신조어로서, 베이비부머 세대의 B와 MZ (밀레니얼 세대+Z세대)세대의 약자를 합친 것이다. 즉, 청년 세대와 신노년 세대가 어우러진 합성어인 셈이다.

각 세대의 사회·문화적 특징은 다음과 같다.
베이비붐 세대는 아날로그중심의 문화와 전후 세대로서 이념적 사고가 강하고 전체 인구의 28.9%를 차지하고 있으며, X세대(1965~1979)는 디지털 세대로 물질주의와 경쟁사회에서 성장하여 전체인구의 24.5%를 차지하고 있다.

밀레니얼 세대는 X세대와 Z세대 사이의 인구통계학적 집

---

1 MZ세대는 1980~1994년 사이에 태어난 '밀레니얼 세대'와 1995년 이후에 태어난 'Z세대'를 통칭

단으로 구분되며 1980년부터 1996년까지 출생한 사람으로 전기 밀레니얼(1980년~1988년)과 후기 밀레니얼(1989년 ~1996년)로 나누어 구분한다. 전체 인구의 21%인 밀레니얼 세대는 세계화적이고 경험주의자들이다. 이들 세대는 베이비붐 세대의 자녀들이 대부분이다.

Z세대는 1990년 중반에서 2000년대 초반 태어난 이들로 전체 인구의 15%이며 디지털 네이티브 세대로 현실주의와 윤리주의 성향이 강하다.
이들은 현대사회의 문화의 소비자인 동시에 생산자 역할을 하고 있다.

우리는 소위 386으로 통칭되는 80년대 학번과 주민등록번호 앞자리가 5, 6번인 세대들이다. 일명, 청년들이 가장 불편해하는 "꼰대" 이념을 가진 세대이기도 하다. 우리 세대는 전쟁 직후 어려운 국가 경제를 성공적으로 이끌어낸 저력을 갖추고 올바른 정의 사회 구현을 위하여 달려온 세대라고 자부하고 있으나 부모님을 봉양하고 자녀들을 부양하면서 청년들의 기피 대상이 되어 양 세대의 샌드위치 인생으로 살아가는 슬픈 역사를 가지고 있다.

청년세대들이 직장이나 사회에서 386세대에게 가장 듣기 싫어하는 단어는 '나 때는 말이야'라고 한다. 청년 세대를 격려하기보다 쯧쯧거리며 어른 된 입장으로 가르치려 하고 비난하다 보니 그들이 386세대와 마주하고 싶어 하지 않게 된 현실은, 결국 세대 간 삶의 배경과 사회 환경 변화에 따른 "다름"을 인정하지 않기 때문이다.　세대 간 소통을 위하여 각 세대의 문화를 먼저 이해해야 한다.

　디지털 원주민으로 성장한 Z세대는 어릴 때부터 인터넷과 휴대용 디지털 기술에 접근하며 자란 최초의 세대이다. 또한 MZ세대의 특징은 모바일 SNS와 인터넷, 스마트폰에 익숙하여 메타버스라는 가상 세계에서 아바타로 생활하는 데 적응되어 있다는 것이다. 이렇듯 삶의 문화가 상당히 이원화되다 보니 젊은 세대와 노년 세대와의 갈등은 증가될 수밖에 없다.

　그러나 평생교육의 평생학습권으로 많은 신노년들이 청년 세대들과 상생하기 위해 디지털 문화를 배우고 정보를 습득하여 이를 향유하기 위한 노력을 많이 하고 있다.

　특히 MZ세대 따라 하기 유행으로 신노년층은 젊은 세대들과 같이 SNS(사회관계망서비스)를 통하여 인스타그램, 페북 등에 #기호로 시작하는 키워드 해시태그를 붙여 이미지와 비주얼로 소통하고 일상을 공유하고 있다. 이로 인해 세대 간 유행하는 문화와 상권이 형성되고 핫 플레이스라 불리는 인기 있는 카페, 맛집, 명소 등이 자연스럽게 홍보되는 것이다. 여러 글로써의 표현이 아닌 시각적 경험과 리뷰의 효과성이 젊은 세대들의 문화와 취향에 적극 반영되어 있다.

우리 사회에서 MZ세대의 인구는 1696만 명으로 전체 인구의 34%를 차지하고 있다. 노동 인구 측면에서 경제 활동의 주축인 인구를 갖고 있는 세대이다.

그러나 윗세대인 고령의 베이비부머, 기존 노인층 세대와 삶의 흐름이나 가치관이 다르기 때문에 정서적 충돌이 발생하게 된다. 삼성경제연구소 발표에 따르면, 현재 한국은 사회적 신뢰의 결여로 최대 246조 원을 갈등 관리 비용으로 쓰고 있으며 "1인당 GDP의 27%를 사회적 갈등 관리 비용으로 쓴다"라고 하였다. 우리는 날마다 분쟁하고 갈등을 겪으면서 우리 스스로의 행복지수를 갉아먹으며 살아가고 있다.

갈등의 축소와 세대 간 소통을 위하여 나는 학문적으로 여가 복지에 대한 끝없는 주장을 거듭하고 있다. 세대별, 개인별, 문화별로 즐겁고 만족스러운 여가 복지 문화를 확립해 나가자는 취지이다.

위에서 언급했듯이 아바타에 익숙해져 성장한 MZ세대와 일제 강점기, 6.25전쟁을 겪은 노년 세대의 문화적 상이함으로 각 세대와 가족 갈등이 증가되고 있는 실정이지만, 청년 세대와 함께 상생하는 BMZ세대로 거듭나기 위해 우리는 인간과 인공지능(AI)이 공존하는 사회화 학습과 대중문화의 이해, 특히 여가산업에 대한 전반적인 이해를 통하여 병들고, 외롭고, 무위하고, 경제력 없는 고통에 시달리는 노년이 아니라, 다시 신세대로 태어나 존경받고 성공된 노년이 될 수 있도록 사회 변화를 받아들이고 새롭게 도입되는 문화에 적응해나가야 한다.

회갑 기념 출판을 기획하고 실행하고 출판사에 원고를 넘기기까지 불과 2주도 걸리지 않았다. 너무나 짧은 시간에 출판을 서두르다 보니 사실 시간적 제약이 컸음에도 역량을 갖춘 친구들이 공저에 참여해 주었고 출판사에서 적극 협조하여 출간하게 되어 감사하다.

검우인들에게 큰 비중을 차지하는 명품 전국 검정고시 총동문회에서 값진 인연으로 맺어진 선후배님들 그리고 친구들과의 만남은 무언가 허기지고 외로웠던 인간관계의 행복지수를 높여주고 있다.

동문님들의 스토리 있는 삶에서 진한 감동과 인간승리의 희열을 느낄 때마다 "우리 명품 동문회 최고다!"라는 자발적 극찬을 하게 된다. 초대 박영립 회장님부터 현재 문주현 총회장님까지 그분들이 사랑으로 공들여 가꿔온 동문회의 인연으로 모두가 건강하고 행복하길 기원하며, 이번 공저 수필집과 오서진 박사의 회갑 기념 논문집 출판을 기념하기 위해 격려사를 요청 드렸더니 흔쾌히 격려해주시고 축하글을 보내주신 전국검정고시 총회장님을 비롯하여 선배님들께 고개 숙여 감사드린다.

자애롭고 따스한 동문회 고문이신 박영립 변호사님, 원칙과 자긍심으로 명품 동문회를 이끌어 가시는 우리들의 수장 문주현 총회장님, 여의도 국회나 외부의 세미나, 포럼, 기타 행사 때 만나면 항상 후배라고 반가워해 주시는 정세균 전 총리님, 제46대 공군사관학교 학교장을 역임하시고 중장으로 예편 후 한국 군사문제연구원장으로 재임 중인 김형철 선배님, 수도군 단장 및 제8군단장을 지내시고 육군 중장으로 예편 후 현재 육군본부 정책위원회 위원장이신 이창효 선배님 등 여러 선배님들의 축사로 회갑 기념 수필집이 멋지게 완성될 수 있었다.

또한, 범우회의 아름다운 선행이 있었다. 이주민의 학교에 다문화가족 검정고시 수험생 학습 지원을 위한 장학금을 후원하는 데 함께해준 친구들께도 감사 인사를 드린다.

2022.12. 편집인 오서진 박사

목차

홍종철

이성진

이재오

이건덕

권영순

박은영

오서진

홍종철

출생
1962년 경기도 용인

학력 및 수료
대입 검정고시
한국방송통신대학교 휴학 중
웰빙복지전문 최고위 과정 11기 수료
웰니스힐링 전문가과정 2기 수료

경력
청와대 경호실 근무 (1980~1983)
㈜ 프로맥스 해운항공 대표
주식회사 더죤 늘푸른 장갑 대표이사
국민여가운동본부 운영위원
전국검정고시 총동문회 62회 회장 역임
전국검정고시 총동문회 사무차장 역임
전국 검정고시 총동문회 강서구 지회장 역임

수상
대한민국자원봉사대상

나의 살아온 이야기

중학교 1학년 때 어머니께서 갑자기 편찮으시다 돌아가신 후 어머니의 부재는 청소년기의 나를 많이 힘들고 우울하게 했다.

지금도 어머니 생각에 가끔씩 마음이 울컥할 때가 많다.

오래 사셨더라면 효도하고 잘해드렸을 텐데 하는 아쉬움도 크다.

중학교 졸업 후 서울로 올라와 공장에 취업하게 되었다.

일명 대한민국의 공돌이 시대에 합류하게 된 것이다.

우리나라 1970년대에는 농촌에서 여러 공업도시에 취업한 청소년들이 많았는데 너무도 어려웠던 농촌의 이들이 밥 먹여주고 재워주는 공장에 취직하는 것이 당시에 보편적 청소년, 청년의 취업문화이기도 했다.

공장에 다닐 때 길 가는 교복 입은 학생들을 보니 너무 부러워서 교회에서 운영하는 청소년 야학에 입학하여 1981년도에 대입검정고시에 합격하였고, 당시 야학의 교장선생님의 추천으로 청와대 별정직 공무원으로 들어가 기초부터 일을 배우기 시작하여 청와대 경호실에서 1980년~1983년의 3년을 근무하였다. 1982년 대입학력고사에서 커트라인 250개로 합격되었지만 돈이 없어 등록금 납부를 할 수 없어 대학 진학을 포기하게 되었다.

그해에 학력고사는 이재명 민주당 당대표와 같이 시험을 치른 해였다.

군입대하면서 청와대를 그만두게 되었고 제대 후 운송 회사에 취업하여 직장 생활하다가 항공, 선박, 화물 등 복합운송주선업으로 사업을 시작하게 되었으나 사업 경험이 부족하고 경기가 안 좋아 사업을 폐업하며 또다시 어려움에 봉착되기도 했다. 현재는 해외에서 장갑을 수입하여 장갑 도 · 소매 유통 사업을 하고 있으며 여가 생활로 즐겨하는 산행과 농촌체험으로 행복한 60대를 맞이하여 지내고 있다.

특히 전국검정고시 총동문회에서 많은 활동도 했고 범우

회 회장도 맡아서 역할을 하면서 검정고시인들의 끈끈한 우정과 의리를 항상 존중하며 앞으로도 동문들과, 친구들과 행복한 노년의 만남을 이어가고 싶다.

 홍종철의 살아온 이야기 읽어주셔서 감사합니다.

카카오톡 홍수시대

　카카오톡이란 앱이 상당히 편리하고 요금부담이 없어 애용해왔는데, 때로는 과도하게 밀려드는 문자에 굉장한 스트레스를 겪기도 한다.

　한편, 카카오톡을 읽고 답변이 없으면 주변에서는 서운하다는 반응을 보인다.

　카카오톡을 접하고 단체 문자나 알림방 개설 때는 불편함을 겪었지만 세월이 흘러 익숙해지니 이제는 그러려니 하고 필요성을 느끼게 되었다.

　몇 년 전 카톡으로부터 정신적 자유를 얻고자 카카오톡 앱을 삭제한 후 평안이 찾아드는가 싶더니, 사흘 지나니까 카카오톡 세계의 소식이 궁금해졌다.

　카톡을 다시 깔고 앱을 부팅하자마자 빗발쳐 들어오는 환영 문자들.

거래처와 지인들로부터 무슨 일 있었냐는 반응이 대부분이다. 아니면 자신하고 언제 카카오톡 친구를 끊었냐는 항의성 반문도 더러 있었다.

낮에는 업무 때문에 카카오톡 소리를 켜 놓을 수밖에 없는데 저녁이 되면 무음으로 전환해 놓게 된다. "카톡카톡" 소리에 사실 일상생활에 방해를 받기 때문이다.

하지만, 현대사회에서 필수적인 것으로 정착되어 버린 카카오톡을 끊을 수는 없다.

4,000만 명 넘는 국민이 사용하는 카카오톡은 거대한 시장 가운데 있으며, 카카오톡에서 주민등록등본을 신청하고 발급받을 수 있고, 음식을 주문할 수도 있으며, 기업회의, 기타 서류전달, 서비스업 등 다양한 분야의 업무를 처리할 수 있다.

2022년 10월 SK C&C 데이터센터 화재로 인하여 카카오톡이 장시간 먹통 되는 사건이 발생했을 때 국민들은 당장 카카오톡을 중단할 것 같은 태세였지만 불편함을 감수하고 기다릴 수밖에 없었다. 이것은 우리가 세상 사람들과 소통하는 SNS 홍수시대에 살고 있는 것뿐만 아니라 카카오톡이 경제, 정치, 사회에 커다란 영향을 미치며 현대 사회에 자리매김하고 있는 것에 대한 이면이기도 하다.

그 당시 카카오 먹통 사태로 2000곳이 넘는 소상공인 업장이 피해를 겪었다고 한다.

소상공인연합회에서 피해접수 및 사례 모니터링을 통하여 피해 접수를 하였는데, 가장 많은 피해 사례가 접수된 업종은 외식업(26.9%), 서비스업(20.8%), 운수업(20.2%), 도소매업(18.7%) 등으로 나타났다.

외식업의 경우 카카오페이 결제 불가에 따른 피해가 가장 컸으며, 카카오톡 채널 마비에 의한 주문 접수 불가, 배달대행업체에서 카카오맵을 이용하는 데 따른 배달 불가 등으로 인한 피해도 컸다고 소상공인연합회에서 밝혔다.

특히 코로나19 이후 확산된 비대면 서비스로 카카오톡 톡채널을 사용하는 서비스업종들이 많은 피해를 겪기도 했으며 카카오 택시 등 다양한 업종에서 커다란 피해를 겪기도 하였다. 이처럼 카카오톡은 어느 순간 우리 삶에 없어서 안 될 중요한 영역이 되어버린 것이다.

소셜 네트워크

소셜 네트워크는 사람들 속에 섞여 사는 재미를 느끼게 하고 내게 관심을 가져주는 감사한 일들이 일어나게 해주기도 한다.

소셜 네트워크를 안 하고 지낼 때 잠시 고요한 산사에서 지내는 듯 평화로웠지만 일상으로의 감정복귀를 위해 다시 SNS 세계로 돌아오면 습관적으로 스마트폰 여기저기를 훑으며 소셜 네트워크 탐방을 하게 된다.

소셜의 세계는 무궁무진하다.
타인의 친구를 줄 타고 들어가서 친구를 맺고 급기야 친해져서 금전적 피해도 당하는 등 소셜 네트워크의 세계는 장단점이 반드시 존재한다.

개인의 감정이나 사진을 올렸다가 해고당하는 경우도 있고 입사 지원서 써넣고 카카오톡 스토리에 자신의 감정을 썼던 글 내용 때문에 탈락된 경우도 있다.

소셜을 통하여 그 사람의 글이나 감정을 읽는 것이 가능해지면서 그 부분에 민감한 회사에서는 채용을 거부할 수도 있기 때문이다.

소셜 속에서의 자신의 표현은 사실상 전체적으로 드러나는 자신의 이미지가 된다.

페이스북은 자신을 보여줄 수 있어 그나마 댓글이 곱고 친절하다. 그러나 익명이 가능한 SNS의 댓글들은 마치 전쟁터같이 공격성을 띠고 있다.

사람들은 눈에 보이지 않는 공간에서 수시로 염탐하듯 공격태세를 갖추는 것 같다.

그래도 문명을 공유하고 함께 살아가는 데 필수적으로 자리하고 있으니 소셜의 문화 세계는 깊고 드넓다.

사람들은 새로운 것에 늘 심취하고 집단체 형성도 즐기며 소셜의 소속감을 통해 현실의 1인가구인 독거 세대의 고립을 피하려고도 한다.

하지만 가장 좋은 것은 현실의 가족들과의 눈 맞추기 대화다.

눈 마주치며 서로의 진솔한 대화를 털어낼 때 인간으로서 가장 기본적으로 행복한 것이다.

人과 忍 그리고 仁

살아가며 수없는 사람을 만나게 된다.

끊임없는 고통총량의 법칙을 준수하며 극복해 나가지만 때론 속절없이 무너지기도 한다.

흡연가라면 담배 한 모금 피워가며 담배연기 후욱~하고 내쉬련만 1년 전 금연하고 비흡연가이다 보니 때론 깊은 심호흡하며 감정 관리를 하기도 한다.

'어질다'라고 표현을 하면 요즘은 왠지 근대적 표현 같지 않던가?

세상은 온갖 세련된 신조어가 생겨나고 있어 정신 줄 놓으면 차세대를 따라가기 힘들 정도로 바쁘게 진화하고 있다.

'어질다'라는 단어는 시간 제약이 필요 없고 여유를 충분히 누릴 수 있는 태평성대에서 양반가에게 많이 쓰였으려나?

생각의 차이일 수도 있는 편견이기도 하다.

정보 홍수에 의하면 현세에 딱히 어질다고 존경할 분은 없는 듯하다.
그 이유는 어질게 살 수 없는 사회 환경 영향 때문이 아닐까 싶다.

사람들은 마치 천 년을 살 것처럼 꽤나 부지런히 살아가고 있고 세상살이 속에 오가며 표현하는 단어들도 홍수같이 억세게 쏟아져 나온다.
그 홍수 같은 단어에 반대의사를 표현하면 자칫 나의 인격은 나락으로 떨어질 듯한 거친 언어표현이었다.
폭풍 쏟아지는 언어에 '네'라는 짧은 긍정의 단어로 세상살이를 무마하지 않으면 분쟁과 갈등과 스트레스로 뒤집어질 상황이기 때문이다.

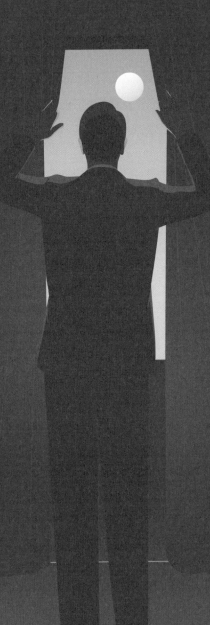

이웃의 어진 사람들

　소비자는 왕인 시대는 마감되었다.

　요즘은 택시를 타는 것도 위화감에 주눅들 때가 더러 있다.

　사회폭력이(언어폭력, 성폭력, 행위폭력 등) 너무 노출되
다 보니 머릿속은 온통 견제와 불안감투성이이다.

　이런 社會에서 우리는 '너그럽다'라든가 '어질다'라는 표현
이 낯설 수 있다.

　자칫 바보스럽게 느껴질 수도 있기 때문이다.

　우리 사회는 다양한 채널로 통증을 호소하고 있다.

　그것은 문화적 다양화로 인한 과잉감성통증이며 세대별
문화충돌로 인한 통증이다.

　젊음은 방금 피어나는 꽃처럼 싱그럽고 예쁘고 신선하다.

　반대급부로 나이 듦으로 강해진 언어는 거칠어지고 성난

파도처럼 리듬 타며 언성이 높아지는 경우가 많다.

사람(人)을 만나서 봄꽃의 화사한 향연처럼 기쁨과 기대감과 사랑을 체험하는 것은 수백억 로또에 당첨된 것보다 더 큰 축복이다.

날마다 누구나 그런 사랑을 꿈꾸며 희망을 안고 살아갈 것이다.

육십여 년 忍苦의 세월 끝에서 깨달음이 있다면 탐욕 없이 善하게 살자 라는 결론이다.

바보 같을 수 있겠지만 비우고 얻는 평범한 삶이 평화인 것이다.

어진(仁) 사람은 내가 생각하는 대로 주변에 충분히 많다고 생각한다.

불평이 아닌 상대에 대한 감사의 시각이 크다면 모두가 어진 사람들인 것이다.

나는 주변에 좋은 사람 어진사람 모두가 있다고 확신한다.

정서적 목마름에서 해갈할 수 있는 가장 큰 에너지는 긍정적 사고이다.

꽃보다 아름답고 예쁜 청춘

    이십대의 예쁜 청년들이 지하철을 타고 퇴근길에 와자지껄 이야기하는 모습을 보니 삶에 있어 가장 아름다운 시간이 아니던가!
    그들의 곱빼기 이상을 더 살아가고 있는 우리 나이는 앞으로 몇 년 지나면 일흔의 노인이 될 것이다.

    요즘 청년들은 많은 정보를 공유하며 젊음을 즐기고 추억을 많이 남기며 살아가는 지혜로운 청춘으로 살아가고 있다.
    모든 청년들이 하루를 살아도 사랑하며 예쁘게 살아가길 바라는 마음이 아버지라서일까?

    청년기에 고생하던 나의 청춘과 비교하면 현대의 청년들은 꽃같이 아름답게 보인다. 우리는 살아가며 날마다 잠자고 일어나면 하루하루를 잃어 가고 있다. 젊음이란 특수의 그들의 세계가 참으로 예쁘고 신선하다.고령사회에서 앞으로 젊은이들의 피어오르는 꿈이 퇴색되지 않게 하기 위하여 청년을 위한 배려와 격려문화를 꽃피우길 기원해본다.

함께 사는 세상

    존중하는 사람들과 더불어 사는 세상훌륭하고 바른 지도자들의 건강한 생각과 배려가 지향되어따스한 사회가 만들어졌으면 좋겠다. 다른 사람 지적질하기보다 자신의 역할과 역량을 키우는 성숙한 인성이 우선인 세상이었음 좋겠다. 삶의 행복과 자신의 가치관이 높아질수록 비난보다는기쁨을 누리고 느끼는 격려가 늘어난다고 한다. 타인에 대한 비난과 지적질이 많은 사람은 자신의 행복지수가 낮은 것을 분노를 표출함으로써 해소하는 듯하다. SNS에서 사회적으로 인증된 사람과 인증하기 어려운 사람도 있다.

    소셜 네트워크에 글 올리는 그들만의 표현 방법을 보며 그 사람의 마음을 읽게 된다. 함께 살아가는 좋은 나라, 행복지수가 높은 나라가 되기 위하여 지도자, 국민 모두가 따뜻한 감성을 갖는 그런 사회가 되었으면 좋겠다.

소통

언어가 거친 사람은 분노를 겪고 성장된 과정이 있고 안된다는 부정적인 언어습관을 가진 사람은 자신감이 결여되어 두려움이 크며, 과장되게 뻥튀기 이야기하기를 하는 사람은 그 사람 영혼이 빈곤하기 때문이다. 지나치게 자랑질 하는 사람은 그 자신의 정서적 안정감이 약하기 때문이다.

비속어 및 음란한 단어를 자주 사용하는 사람은 그의 정신세계가 청결하지 못하며, 항상 상대에 대한 비난과 지시어, 비판적인 말을 하는 사람은 열등감에 사로잡혀 있고, 부정적 비통함이 크게 작용하고 있기 때문이다.

반면에, 항상 다른 사람을 격려하고 긍정에너지를 방출하는 사람은 마음이 행복한 사람이며, 정서적으로 안정적인 사람은 말이 부드럽다. 겸손한 사람은 항상 진솔하고 방향성이 일정하고 사랑이 많은 사람은 나눔과 따뜻한 위로의 말로 위로가 되어준다.

정서적으로 평화로운 사람은 상대방 이야기에 경청하며
여유롭게 대화한다.

결국 긍정과 따스함과 정서적 평안에서 오는 건강한 대화
를 해야 행복한 소통인 것이다.

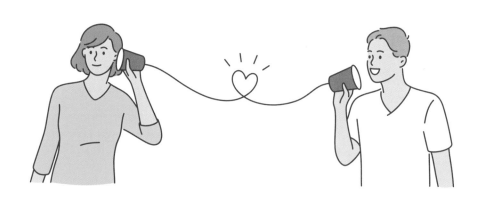

호박잎 서리

집 뒤 공원에서 아침운동을 마친 후 도보로 걷기하며 지나
오는 길에 연립 텃밭에 늘어진 채 뻗어있는 호박잎 넝쿨을
보았다. 순간 강된장에 쌈 싸먹고 싶어 몇 잎을 따게 되었다.
먼발치에서 연립의 할머니가 바라보시기에 꾸벅하고 겸연쩍
은 미소를 지으며 인사를 드렸다. 텃밭주인은 아닌 듯하여
다행이다 싶어 발길을 재촉하는데 딱! 걸렸다. 텃밭주인 할머
니다. 나도 모르게 어색하게 웃는데 할머니의 시선이 호박잎
에 머물렀다.

그리고 서늘한 표정으로 나를 바라보셨다. 아뿔싸! "죄송
합니다. 어르신" 하고는 호박잎 몇 장을 땅에 내려놓고 민망
을 뒤로하고 집으로 돌아왔다.

할머니의 서늘한 눈빛이 아련히 떠올라 호박잎의 강렬했
던 입맛 당김이 사라져 버리고 말았다.

어머니가 그리워지는 추석!

어린 시절, 명절이 다가오면 괜시리 설레고 들떠서 며칠 전부터 마음이 바빠졌다.

어머니는 방앗간에 가서서 불린 쌀을 빻아 오시고, 이내 송편 만들 준비를 하시느라 분주히 부엌을 오가셨다.

송편 속은 왜 그리도 달콤한지. 몰래몰래 어머니 몰래 훔쳐 주워 먹는 기분이 스릴만점이었는데, 함께 만드는 척하고 먹다 들켜서 혼나던 그 시절의 송편 맛은 꿀맛이었다.

솔잎을 깔아 송편을 얹고 쪄낸 그 맛!

대가족이다 보니 사흘 전부터 음식 준비를 하느라 집안 곳곳이 정신없었다.

짚으로 놋쇠 그릇 닦아놓고, 제기도 꺼내놓고. 푸줏간집 아주머니가 함지박에 고기 담아 팔러 오시면 툇마루 끝에서 고기를 내려다보며 흥정하시던 무서운 호랑이 아버지!

무서운 아버지 몰래 먹을 것을 챙겨주시던 우리 어머니.

명절이 되면 온 동네와 종갓집이 사람들로 북적대고 우물가로, 부엌으로, 마루로 외지에서 오신 친척들과 일하는 동네아주머니들이 가득했었다. 어린 마음에 그렇게 손님이 많은 명절이 참 좋았다.

고향이란 울타리가 때로는 높게 느껴졌던 때도 있었지만, 이제 회갑을 넘기며 나이가 더해지면서 고향의 향수를 조금씩 진하게 느끼고 있다.

사람은 노화가 진행될수록 옛 향수의 추억 속으로 자주 빠져들면서 어린 시절의 기억 속으로 되돌아가고 싶어 한다.

지인들 모임에 나갈 때마다 나이 육십 줄을 넘긴 사람들이 서로를 반기며 어릴 적 추억을 함께 되새김질하는 모습을 보곤 한다. 어느새 한껏 늙어버린 고향 친구들의 얼굴에서 그 옛날 순수한 동심의 세계를 뛰놀던 개구쟁이 눈빛들이 읽혀진다. 그들과 나의 세상이 오래도록 아름답기를 기대해본다.

문화가 달라진 명절 이야기

　　지난 추석 연휴의 늦은 오후 고열량 명절 음식의 에너지를 소모하기 위해 집을 나서 한 시간을 걸었다. 걷기를 하다가 집 근처 공원 벤치에 앉아 잠시 쉬는데 두런두런 여기저기서 아주머니들의 이야기들이 꽃피우고 있다. 우연찮게 이야기를 듣다 보니 며느리년(?) 흉이 아니라 사윗놈(?) 흉이었다. 딸년을 키워 시집보냈더니 애 봐야 하고 명절이면 시댁은 몇 시간 다녀오고 친정에 와서 손주들과 아주 불편하고도 눈치 없는 철부지 사윗놈과 있으려니 불편해죽겠다는 어느 아주머니의 속사정을 옆 아주머니께 털어놓자, 그 아주머니도 뒤질세라 사위 흉이 시작되었다. 딸네가족과 함께 사는데 살이 쪄서 소파에 누워있는 사위를 바라보니 상전도 저런 상전이 있나 싶고 자신의 집이 불편해서 자꾸 밖으로 나오게 된다는 이야기였다. 들어보니 예전 같으면 고부갈등이 심할 텐데요즘은 사위와 장모갈등시대인 듯하다. 반대편 쪽에서는 귀경을 마치고 맥주 마시며 고향이야기를 하는 아저씨들의 고향 사투리 섞인 입담들이 오고 간다. 사연인즉! 예전에 고향어른들께 듣던 "호로새끼!" 즉 호래자식의 비표준어를 듣고 자랄 때는 듣기 싫고 억울해서 대들고 어른들과 싸웠었는데 이젠 고향엘 가도 그런 욕을 하는 어르신들조차 없어 쓸쓸하다는 이야기였다.

호래자식이란 막되게 자라 교양이나 버릇이 없는 사람을 얕잡아 이르는 말로 예전어른들은 경을 치다(가볍게 야단을 치다), 호로자슥 등 다양한 욕설을 사용하기도 했다.

걷기를 마치고 집에 오며 '자식들과 이웃에 살더라도 같이 살면 안 되겠구나.' 하는 생각이 들었다. 어른들의 대화내용은 결국 피 섞이지 않은 며느리와 사위가 불편하다는 요지인 것이다.

늦가을 어머니께 드리는 마음의 편지

　길가에 은행잎이 발아래 수북 쌓여 노란 잎의 잔치가 벌어진다. 은행의 알갱이가 터져 냄새는 고약하지만 발치 아래의 은행잎의 향연은 아름답기만 하다.

　노란 은행잎 툭 떨어져 수북이 쌓인 늦가을이면 유독 어머님이 그립다.
　학력이 낮았던 어머님은 항상 "우리 종철이 대학은 꼭 가야 한다"고 말씀하셨는데 사춘기를 겪던 나의 청소년기 때 돌아가신 어머니에 대한 그리움이 진하게 나타나는 시기이다.

　늦가을 길가에 우수수 떨어져 내리는 낙엽을 밟으며 하늘을 보며 "엄마~!"하고 나지막이 엄마를 불러본다.

　우리 어머니가 그토록 소원하시던 대학을 졸업 못 한 불효자는 마음이 항상 무겁고 죄송하다.

늦가을 길을 걸으며 오늘도 "우리 어머니! 나의 어머니, 그립습니다!" 하고 혼잣말로 천상에 계신 어머니께 마음의 편지를 써본다.

내 곁의 소중한 사람들

"곁"은 어떤 대상의 옆. 또는 공간적·심리적으로 가까운 데를 표현한다고 한다.

우리가 살아가면서 가끔 행복하거나 외로움과 고독을 느낄 때 좋은 "내 곁"의 누군가를 떠올릴 때가 있다.

어머니의 빈자리가 그리워 내 곁에 어머님이 오래 살아계셨더라면 또는 "내 곁에 가족들이 있어서 항상 감사하고 행복해" "내 곁에 친구들이 함께해서 기쁘다"하듯이 "곁"이란 단어는 내가 행복하거나 힘들고 지칠 때, 위로받을 때, 가족, 친구들의 사랑의 힘을 느끼고 싶을 때, 내 곁에 있어 행복하다고 함께할 수 있는 좋은 대상인 것이다.

61년 살아오며 내 곁에서 함께하는 나의 가족들이 있고, 사회적 지인들이 있고 "전국검정고시 총동문회" 속에 62회

소중한 벗들이 있다.

"내 곁"의 많은 사람들과 함께하는 시간 속에서 나는 성장되어 60대 어른이 되어 가고 있다.

지금

집 안 벽면에 걸려있는 시계가 건전지가 방전되어 정지될
때가 있다. 우리 집 안방시계도 벽면에서 멈춘 지 오래되었
다. 건전지 교환을 해야 하는데 바쁘다는 이유로 멈춰버린
시계를 방치하고 있었던 것이다.

오늘 "지금" 절대로 다시 오지 않는다는 이론이 홍수처럼
쏟아져 있지만 절대적 실감보다는 대수롭지 않게 살아가는
것 같다. 나는 요즘 겸손하게 살아가도록 실천으로 가르침
주는 분들이 계셔서 감사한 시간에 살고 있다.

명예욕이나 지위욕보다는 사람의 향기로 평범하게 ㈜더죤
늘푸른 장갑 회사를 운영하며 열심히 최선을 다해 살아가고
있다. 사람의 향기는 깊은 내면에서부터 정화되어 나타나는
맑음의 테두리가 형성되어 인품으로 비춰지는 것이다. 인위

적으로든 자연적으로든 시계의 초침이 계속 똑딱거리며 지나가듯 인생의 시간은 계속 소멸되어 사라지게 된다. 언제인가 멈추어진 시간을 맞이했을 때 세상에 태어나 보람되게 살다 가노라고 용서와 화해와 배려를 남기며 후손들에게 미소 짓는 어른이 되고 싶다. "인간애"의 깊은 도리를 배웠고 은혜로 화답하는 길을 깊게 생각하며 "지금" 이 순간에 충실하게 살아가는 평범한 소상공인이다.

올바르고 향기로운 이들과 인연되어 만날 수 있는 "지금"이라는 시간에 감사하며, 전국검정고시 62년 호랑이 친구들 회갑 자유글에 함께 참여하게 되어 모두에게 감사하고 서평 써주신 존경하는 문주현 총회장님 이하 모든 분들께 고개 숙여 인사드립니다.

이성진

출생
1962년　경기 청평

학력 및 수료
경기 청평중학교 졸업
대입검정고시 합격
서울산업대학교 환경공학과 학사
서울산업대학교 산업대학원 환경공학과 석사
한국산업기술대학교 지식기반기술 에너지대학원 공학박사

경력
경기공업대 청정환경과 겸임교수
(주)에코엔탑 / (주)에코엔서비스 창업, 현 대표이사
신인문학상 수상 – 한국문학저널(수필가 등단)
한국환경기술인 연합회 이사
한국산업기술평가원 심의위원
영등포희망산악회(서울희망포럼) 영등포구 회장
영등포 사랑모임(영사모) 대표
전국검정고시 총동문회 영등포구 회장
전) 전국검정고시 총동문회 62범우회 회장

영등포구 환경정책 연구위원

사랑은 100℃『사랑, 나눔, 희망』영등포사랑모임 대표

저서

『대기환경장치설계』도서출판 동화기술(대학교재로 활용)

『환경오염방지시설의 이론과 실무』

소설『가시꽃을 피운 남자』도서출판 엠아이지

『변화와 희망의 불씨』도서출판 한가람서원

수필집『인생교과서』공저

이성진 박사의 환경이야기『환경을 알면, 돈이 보인다』

수필『카카오 이성진 스토리』출판예정

60회, 인생의 나이를 먹다

2022년 3월 봄의 문턱, 환갑을 맞이하는 날이다.

그러니까 1962년 경기도 청평 북한강 줄기 끝자락 양지마을
이라는 곳에서 인생의 첫 울음을 터트린 지 벌써 만 60회가 되
는 날이다.

어느덧 머리카락은 희끗희끗해져 있고 그 머리카락 숫자 또
한 많지가 않은 것을 보면 그렇게 많은 세월이 흘러갔다는 것
을 이제야 느낄 수가 있다.

〈60회 환갑〉이라는 생일잔치상 앞에 준영이, 준석이, 그리
고 지금까지 결혼생활 함께해온 동반자 수금 씨! 모두가 축하
인사를 나누려고 나를 바라보고 있다.

"아버지 60회 생신을 진심으로 축하드립니다." 듬직한 장남
준영이가 말문을 열었다.

"아빠, 축하드려요. 늘~ 건강하게 오래도록 우리와 함께 행복하게 지내셔요."

그리고 평소 말이 없던 둘째 아들 준석이가 축하 인사를 건네 왔다.

언제나 늘 곁에서 버팀목이 되어 왔던 사랑하는 아내 수금 씨는 오히려 내게 감사의 인사를 건넨다. "사랑하는 당신, 고마워요. 그리고 감사해요."

이렇듯 우리 가족은 어느새 나의 버팀목이 되었고, 버팀목이 자라서 숲을 이루고 나의 그늘이 되어 주었다.

인생 60회를 맞이하면서, 뒤를 돌아다보지 않을 수 없다.

나로 인하여 힘들어하고 혹시 마음 아파했던 분들이 있을 것이다.

나도 모르게 그들에게 아픔을 주고 힘들게 하였다면, 그들에게 이젠 따뜻한 마음을 베풀고 함께 말동무가 되고 싶은 것이 인생 60 고개를 넘어가며 남은 인생을 새롭게 출발하고픈 내 마음이다. 늘, 배려하는 마음으로 내 곁에서 나의 버팀목이 되어주었던 수금 씨의 마음 또한 그렇다.

수금터! 사랑하는 아내 수금 씨를 위한 공간으로 탄생되었지만, 가까운 친척, 아름다운 이웃, 그리고 정다운 친구 및 함께

하고픈 지인들을 위한 모두의 힐링 공간으로 행복한 만남의 씨앗을 뿌리고, 인생의 열매를 만들어가는 공간의 터로 활용되길 희망할 뿐이다.

이성진, 인생 60을 되돌아볼 수 있어서 좋은 날이다.

앞으로 배려하고 행복한 삶을 추구할 수 있게 되어 더욱 좋은 날이다.

남은 인생, 새롭게 출발하는 첫발을 내딛는 날.

나 자신을 아끼고 사랑하듯, 소중한 모든 이들을 위하여 다시 태어난 날. 더욱 배려하고 이해하며, 사랑하며 행복하게 살아가 보자!

호명산 호랑이 환갑을 맞이하여 2022년 봄날 이른 새벽에 포효하다.

결혼기념일

그날이 바로 오늘이다. 그러니까 벌써 결혼한 지도 29년이 되는 날이다.

2020년, 지난 일 년을 돌이켜보면 참으로 할 말도 많고, 기억하고 싶지 않은 일도 있었고, 자랑스러웠던 일도 많았던 한 해를 보내게 된 것 같다.

2020년 새해를 맞이하면서 더불어 〈코로나19〉라는 바이러스를 맞이하게 되었지만, 많은 시간이 흘렀음에도 〈코로나19〉는 더욱 기승을 부리며 우리 모두의 삶 자체를 바꾸어 버렸다.

힘든 시기를 더욱 힘들게 만들었던 우리 집 황후 수금 씨의 건강 검진 결과. 대장암이라는 진단에 절망해 말문을 잇지 못하고 침묵으로 서로를 바라보며 위로해주던 시간들.

몇 번에 걸친 검사 결과 다행히 초기에 발견되었다는 것이 치료의 희망이며 가족의 희망이 되었던 나날들이다.

가까이에서 엄마의 모습을 지켜보더니 마냥 어린아이로만 보였던 둘째 준석이의 생각과 행동이 달라지기 시작한 것 같다. 목표가 생긴 것 같고 꿈을 이루겠다는 욕심이 생긴 것 같다.

늘, 엄마 곁에서 말벗이 되어주면서 엄마를 위로하며 본인의 목표를 위하여 하나둘씩 꿈을 이루어 가는 모습들이 대견하다. 중국에서 학업을 시작한 지 8년 만에 대학교의 졸업장을 받게 되었지만, 목표가 무엇인지 꿈이 무엇인지 알 수가 없었던 아이라고만 생각을 했는데. 2020년 한 해, 〈엄마의 일〉을 겪으면서 둘째 준석이는 분명 성숙해지며 변화되는 모습으로 엄마 곁에서 힘이 되고자 하는 노력을 엿볼 수 있었다. 대학에서 무역학을 전공하지도 않았지만, 목표와 의지만으로 단기간 국제무역사 1급, 무역영어 1급, 외환전문역 등 독학으로 그 목표를 향하여 노력하는 둘째 준석이의 모습을 보고 엄마도 분명 〈암〉치료의 효과를 보는 듯했다.

또한 감사하고 행복한 일이 아닐 수 없다.

〈코로나19〉는 사회 전반적으로 많은 사람들을 힘들게 하고 있다.

사업가 및 소상공인 그리고 취업을 준비하는 취준생에게도 더욱이 창살 없는 감옥이라고 할 만큼 〈만남〉 자체도 거리두기로 어려워져 혼자라는 생각에 우울증과 답답함으로 힘들어하는 가정이 늘고 있다.

준영이가 그런 와중에 어렵게 취업이 된 것 같다.

많은 경쟁자를 물리치고 취업의 전쟁 속에서 승리의 고지를 탈환한 것이 기쁘고 고맙기 그지없으며, 칭찬을 아끼고 싶지가 않다.

더욱이 첫째 준영이의 뒷바라지를 아끼지 않고 묵묵히 지원해준 수금 씨에게도 〈수고 많이 하셨습니다〉는 말로 칭찬을 더해 주고 싶다.

2020년 한 해는 기쁨만 가득했던 시간은 아니었다. 수금 씨의 지긋한 효심의 보살핌에도, 자영이 처제의 더없는 마음 씀씀이에도 〈코로나19〉 앞에 멀리 세상을 떠나보낼 수밖에 없었던 슬픔은 아직도 어머니의 뒷모습을 그리워하며 아쉬움에 눈물을 감추고 있는지도 모른다.

어머니는 우리에게 가족의 소중함을 일깨워 주시고 떠나신 것 같다.

서로에게 힘이 되어주고 이끌어주고 뒤에서 밀어주고 이해하고 칭찬하며 그렇게 사는 것이 가족이니 행복한 삶이라고 생각하며 살아가라는 유훈을 남기시고 홀연히 저세상으로 돌아간 것이다.

결혼 29주년, 내가 사업을 시작한 지도 어느덧 20년이다.

그 힘들고 어렵던 지난 시간들도 잘 버티고, 올 한 해 〈코로나19〉도 잘 극복해왔다.

한 집안의 가장으로서, 사업가로서도 어머니를 잃은 슬픔 가운데 많은 성과를 이루어 낸 뜻깊은 한 해라고 생각되니 더없이 오늘이 더욱더 기쁘고 감사하게 생각된다.

다시 한번 2020년 29주년 결혼기념일을 자축하며 나의 가족 수금 씨 황후와, 황태자 준영, 준석이 그리고 이 자리 함께해준 금영이, 하나뿐인 처제에게도 그리고 하늘나라에서 지켜보고 계시는 어머님에게도 〈사랑합니다〉라는 말을 전하며 오늘 결혼기념일을 더욱 뜻깊게 가슴속에 담고자 한다.

2020년 12월 22일

사랑하는 아내 수금 씨의 생일

2020년 3월 1일은 삼일절 기념일이며 휴일입니다.

그래서 소중한 날을 기다려온 것이 아니라 나에게는, 아니, 우리 가족에게는 또 다른 의미가 있는 날입니다.

아내의 55번째 맞이하는 생일, 그러니까 결혼을 하고 함께 생일날을 맞이하게 된 지 29년이 되는 날입니다.

기쁨보다는 걱정과 염려가 되는 그런 날의 시작이 아닐까 두려운 날인지도 모릅니다.

1~2년 해마다 정기적으로 받는 건강 검진을 올해 초 아내 수금 씨와 함께 받았습니다.

큰아들 그리고 여친과 함께 졸업을 축하하고, 둘째 아들 생일을 축하해주기 위하여 〈본인이 대장암〉이라는 사실을 그동안 숨겨오다 "청천벽력"같은 소리를 수금 씨로부터 듣게 되었을 때. 벼락을 맞은 기분! 갑자기 내리는 태풍과 소낙비를 피할 수가 없듯이 그대로 몸과 마음을 가눌 수가 없었습니다.

또한 말없이 흘러내리는 눈물은 우리 가족 모두를 슬픔으로 만들고 말았습니다.

당황한 듯 큰아들 준영이, 둘째 아들 준석이도 엄마 얼굴만 바라보고 있고 괜찮다고 하면서 보이지 않도록 눈물을 훔치고 있는 수금 씨!

어떻게 이런 날이 오리라고 생각이나 했었는지 난, 넋을 잃고 말았습니다.

기쁜 날 사랑하는 아내 수금 씨의 탄생일!

지금까지 긍정적인 생각 하나만으로 지난 세월들의 고난과 역경을 딛고 오늘의 〈행복한 가정의 탑〉을 쌓아 왔듯이 생각에 따라 달라지는 세상을 상상해 보십시오. 〈암〉이라는 진단을 받았지만, 〈암〉을 극복하며 아름다운 〈삶〉을 살아가는 세상을 함께 만들어 봅시다. "만일 당신이 장미꽃을 본다면, 아름다운 장미에 가시가 달려 있다고 불평할 수도 있습니다. 또한, 당신은 이러한 험한 가시덩굴 속에서도 아름다운 장미가 피어났다고 감탄할 수도 있습니다. 아름다움과 추함은 한 공간에 존재합니다. 또한, 행복과 불행은 한 공간 안에 있습니다."

세상 모든 만물과 현상은 고정된 모습이 아니라 당신과 나 그리고 가족의 힘으로 변화시킬 수 있습니다.

밝은 생각, 맑은 눈으로 세상을 바라보는 만큼 가시 같은 〈암〉이라는 존재를 극복하고 장미꽃 같은 〈삶〉으로 극복할 수 있습니다.

뒤를 돌아다보니 아쉬움만 가득하게 느껴집니다.

하지만 우리에게는 사랑하는 아이들의 꿈과 희망을 지켜주고 키워져야 할 미래가 아직 많이 남아 있습니다.

누구는 꿈이 없이 사는 사람이 있고 누구는 꿈만 간직하며 사는 사람이 있다고 하지만~

우리는 당신과 나 그리고 아이들의 꿈을 나누면서 함께 행복하게 살아갑시다.

다시 한번 황후의 생일을 진심으로 축하하며~

황후의 사랑에 늘, 감사하게 생각합니다~ "사랑합니다."

버팀목 당신

당신과 나
마주보고 서 있는
두 그루 나무
가까이 때론 멀리
지난날을 회상하며
오랜 시간 지켜보던 믿음

그대 가슴속
연민으로 가득 찬 세월
저리도 속절없이
꽃은 피고
향기 실어 부는 바람에
내 맘 전한다

하루가 천년이던
밤새워 올리던 기도
나 당신 바라보는
애틋한 마음
가지로 뻗어
사랑으로 물먹는 나무

천 사(1004)

그대 가슴속

사랑하는 마음으로 희생하며 살고 싶다

사람 사는 일이 그러하고

사랑하는 일이 그러할진대

길지 않은 시간

짧은 삶

그대 가슴속

모진 아픔을 치료하는 백의 천사로 살고 싶다

보라색 붓꽃

오월 화창한 봄날의 초저녁!

안양천변에 새롭게 피어난 보라색 붓꽃이 나를 유혹하듯이 반긴다.

쓸쓸하고 외로운 내 마음을 달래주듯이 손짓하고 있다.

부끄러운 듯 안양천의 냇물은 고요히 흘러만 간다.

사랑을 전하는 소통의 다리 신정잠수교에서 바라보는 저녁노을은 더없이 그리움을 낳는다. 보고 싶을 때 자주 찾던 곳! 그곳에는 보라색 붓꽃이 피어있다.

늘, 두 팔 벌려 따듯하게 포옹을 해주던 보라색 붓꽃에게 나는 속삭인다.

"정말로 보고 싶었어."

"더 예뻐졌는데."

붉게 타오르던 노을의 끝자락처럼 보라색 붓꽃은 부끄러움에 나를 끌어안으며 볼에 입을 맞춘다.

보라색 붓꽃이여!

세월이 흘러 꽃잎이 시들어 떨어지고, 자태가 바람에 흩날릴지라도 화향천리, 그 향기는 내 마음속에 영원히 남아 있으리라.

가시 꽃을 피운 남자

도시의 시간은
선택과 포기의 연속
허기와 외로움의 싸움은
낯설고 두려운 번민으로 가득 차
살아 숨쉬기조차 버거운 가시 꽃이 되었다

큰 행복이 다 남의 것이던 지난날들
포기해버린 생의 끝자락에서
무서리에 피어난 장미꽃 한 송이
내게 베푼 신의 축복이 가슴 시리도록

어제와 오늘을 넘나들며
조국이 부르면 내 여기 있노라
한국의 미래가 여기 있노라
한민족 대장정의 대열에 서서
가슴 뛰는 신념으로 이 땅에 굳게 섰다

하늘을 안고 살아
아니 하늘만 바라보고 살아서인가
작은 불의에도 항거하는 자유의 깃발
같은 언어로 노래하는 그 하늘을 품는다

배려하는 마음!

경쟁 사회, 살아남기 위해서는 남을 누르고 일어서야 하는 사회!

삶의 의미나 목적보다 오직 목표만을 향한 경쟁만이 남은 오늘날 우리는 그 경쟁이 누구를 위한 경쟁인지 그 의미조차 잃어가고 있다.

이런 사회 속에서 우리에게 가장 필요한 것은 무엇일까?

자기만의 세계 속에서 만족을 누리기보다 남과 함께 더불어 살아가는 모습이 필요하지 않을까?

나 외에 주변인에 대해서는 무관심한 사람들이 늘면서 "성공" 역시 나만 잘하면 이룰 수 있는 것으로 생각하는 사람들이 늘고 있다. 하지만 성공이란 그 자체만을 목표로 하여 달려 나간다거나 누군가를 밟고 일어선다고 해서 이룰 수 있는 것이 아니라 상대가 원하는 것을 충실히 해주다 보면 따라오는 결과물이다.

이때 필요한 것이 바로 남을 위한 배려이다.

배려는 사람과 사람의 만남에서 가장 큰 힘을 발휘한다. 배려 속에는 인간관계를 원활하고 보다 풍요롭게 해주는 요소들이 들어 있기 때문이다. 사회는 사람과 사람이 만나서 이루는 것이기에 배려는 사회를 구성하는 데 있어서 빠져서는 안 될 요소이다.

배려는 온화한 사람이라는 인상만을 주는 요소가 아니다.

배려할 줄 아는 사람들의 기본 마인드는 남을 불편하지 않게 하는 것이다. 이는 단순히 사람들을 편하게 해주고 기분을 맞춰준다는 감정적 배려의 차원을 넘는다.

직장 생활에서의 배려는 그 사람의 능력까지 높여주는 역할을 한다.

흔히 친한 친구들은 "눈빛만 보고" 서로의 마음을 읽는다고 한다.

하지만 이는 서로에 대해 관심을 갖고 열심히 지켜보고 상대방의 마음을 이해하려는 노력을 게을리하지 않았기에 가능한 일이다. 상대가 어떤 사람인지 알기 위해서 끊임없이 지속적인 애정과 관심을 보인다면 남들보다 쉽게 마음을 읽을 수 있다.

상대방의 마음을 보고 읽을 수 있는 깨끗하고 성숙한 눈과 입.

상대방의 마음을 따듯하고 모자람 없이 받아들일 수 있는 생각.

입에서 입으로 통하고 귀에서 귀로 통하고 마음에서 마음으로 통하는 그런 사회는 상대방보다는 내가 먼저 통해야 한다.

죄송합니다, 사랑합니다, 고맙습니다. 입으로 통하지 않을 것이 없고!

듣기 싫은 험담을 들었을지라도 나머지 한 귀로 흘려보낸다면 귀에서 귀로도 통하지 않을 것이 없다.

또한 부족함을 느끼고 불편함을 겪을지라도 배려하는 마음이 씨앗처럼 자라나고 있다면 마음과 마음이 통하지 않을 것이 무엇이 있겠는가?

흔히 고객의 마음을 읽어야 한다고 말한다. 성공은 고객의 마음을 읽고 만족을 창출해내는 데서 비롯된다는 것이다.

또한 문제 발생 시 고객 입장에서 생각하면 해결책을 이끌어 낼 수 있다고 한다.

이는 평소 고객의 말에 귀를 기울이고 고객의 특성 등을 유심히 살펴보는 것을 전제로 한다.

흔히 혼동하는 경우가 많은 "다르다"와 "틀리다"는 각각 같지 않음과 그르다는 뜻을 지니고 있지만 우리는 종종 이 두 단어를 혼동해서 쓰곤 한다.

하지만 분명한 것은 "틀리다"는 사람에게 쓰지 않는 것이 좋다는 것이다.

나와 같지 않다고 해서 함부로 틀렸다고 단정지어서는 안 된다.

나와 다름을 인정하고 그의 의견에 귀 기울여주는 자세가 필요하다. 이 역시 배려하는 마음에서 비롯된다.

이는 곧 "역지사지易地思之"의 자세다.

상대방의 입장에서 다시 한번 생각해본다면 그의 입장을 이해할 수 있다.

만약 상대방이 "틀렸다"고 단정해 버린다면 더 이상 대화의 진전은 없다.

대화를 위한 당신의 말 한마디는 매우 중요하다.

그냥 건네는 말이 아니라 상대방을 위하는 생각과 배려하는 따뜻한 마음을 보태는 그런 말 한마디를 해주는 사람이 필요하다. 감사합니다.

〈그대를 사랑합니다〉 영화를 보고

이 영화를 봤던 날은 2011년 3.1절 92주년 기념일이면서 휴일로 지정된 날이었다.

선열들의 희생이 있었기에 오늘 우리들은 사랑을 이야기하며 행복을 나누고 휴식을 취할 수가 있다.

휴일 아침 집에서 가까운 사무실에 들렀다.

내일로 예정된 제주도의 출장을 앞두고 필요한 서류와 제반 준비를 위해서였다.

휴일도 열심히 일을 한다고 내게 쏟는 아내의 사랑은 나를 미안하게 만들었다.

사실 나는 어제 친구와 보기로 했던 영화가 생각나서 〈그대를 사랑합니다〉라는 영화의 티켓을 2매 예매했었다.

내게 늘 희생과 사랑을 아끼지 않았던 아내에게 영화를 보러 가자고 했더니 너무나 좋아하는 모습이 나를 더욱 미안하게 만들었다.

〈그대를 사랑합니다〉는 60~70대의 할아버지와 할머니의 사랑을 그린 영화이다

　사랑이라고 해서 흔히 우리가 생각하고 있는 화려하고 구속하고 감정에 따라 흔들리는 그런 사랑이 아니라, 자기를 버리고 희생을 마다하지 않고 사랑받으려고 욕심 부리지 않고 오히려 사랑을 베풀어가는 아름다운 삶을 그린 참사랑의 영화가 아닌가 싶다.

　사랑하는 아내를 암으로 저세상에 먼저 보내고 오토바이를 몰고 우유 배달 일을 하는 만석이 할아버지와 이른 아침부터 늦은 저녁까지 리어카를 몰고 파지를 모아 생계를 유지하는 송 씨 할머니와의 만남은 우연이라기보다는 나보다는 남을 배려하는 만석이 할아버지로 인한 필연적인 만남이었다.

　160번지 언덕길은 파지를 싣고 리어카를 끌고 오르거나 내려오기에는 송 씨 할머니의 혼자 힘으로는 어렵다. 더욱이 눈이 오거나 비가 오는 날이면 그 자리에서 누군가의 도움을 기다려야만 했다.

　이렇듯 필연적으로 만나야만 했던 160번지 언덕길에서 만석이 할아버지와 송 씨 할머니와의 만남이 계속되면서 두 사람 사이에는 보이지 않는 연민의 정으로 사랑이 싹트게 된

다. 주민등록증을 만들기 위해서 '송이쁜'이라는 이름을 작명하게 되고 그러면서 송 씨 할머니의 생일을 알게 된 만석이 할아버지는 송 씨 할머니의 생일날에 사랑을 고백한다.

마치 내가 사랑하는 사람의 생일날에 피카소 113의 그림을 주며 고백했던 순간처럼 지난날이 더욱 또렷이 생각났다.

〈당신을 사랑합니다〉라고 고백을 한다면 먼저 저세상으로 돌아가신 자기 아내에 대한 예의가 아니라며 〈그대를 사랑합니다〉라고 송 씨 할머니에게 사랑을 고백하는 장면은 무분별한 우리네 만남과 사랑에 대하여 경각심을 느끼게 해준다.

만석이 할아버지의 친구로 나오는 장군봉 할아버지의 사랑도 희생이 돋보이는 값진 사랑이다. 치매에 걸린 아내를 극진히 돌보며 사랑을 나누다가 죽음보다도 외로움이 더 견디기 힘든 고통이라며 그는 끝내 치매에 걸린 아내와 함께 약을 먹고 동반 저승길로 가길 택했다.

또한 약을 먹고 죽음으로써 자식들에게 불효자라는 부담을 주지 않기 위해 만석이 할아버지에게 연탄가스 중독으로 사망한 것처럼 해달라고 부탁을 한 것에서는 자식에 대한 부모의 뜨거운 사랑 또한 느끼지 않을 수 없었다.

장군봉 할아버지와 만석이 할아버지와의 만남.

두 할아버지가 죽음보다도 힘들다는 외로움을 극복하며 이겨낼 수 있었던 것은 진정한 친구가 있었기 때문이라고 생각한다.

"길동무가 좋으면 먼 길도 가깝다"라고 하는데 이렇듯 나와 함께할 수 있는 진정한 친구는 내 주위에 몇 명이나 있을까? 다시 한번 생각하게 된다.

약 2시간에 걸친 추창민 감독의 〈그대를 사랑합니다〉 영화를 관람하면서 지금도 내 옆자리에서 등 어딘가 가려운 부분을 긁어줄 사랑하는 아내에게 다시 한번 이 말을 전하고 싶다. 당신을 사랑합니다!

OPERA 베르디의 돈 카를로

화창한 봄날!

벚꽃 길을 걸으며 산뜻한 옷차림으로 봄꽃을 수놓은 많은 사람들을 뒤로하고 친구 부부와 사랑하는 아내와 함께 시청 근교의 호암아트홀을 찾았다.

주세페 베르디 작품의 〈돈 카를로〉라는 오페라를 보러 간 것이다. 오후 5시부터 약 4시간 반 동안 지속된 긴 오페라 공연은 참으로 나에게 시사하는 바가 컸다.

스페인의 최전성기를 이끌었던 왕 필리포 2세와 그의 아들 카를로스 왕자의 비극을 다룬 쉴러의 드라마를 원작으로 하고 있는 〈돈 카를로〉는 수많은 오페라들 가운데 가장 내용이 방대하고 인물의 갈등구조가 복잡한 작품이다.

프랑스의 공주 엘리자베타와 스페인 왕자 카를로스는 약혼한 사이였다.

하지만 프랑스와의 화평을 강화하기 위하여 왕자 카를로스의 아버지인 스페인 국왕 필리포 2세가 엘리자베타와 결혼을 하게 되었다.

카를로스를 사랑하면서도 조국을 위하여 원하지 않는 결혼을 하게 된 엘리자베타는 필리포 2세의 왕비로, 자기의 약혼자였던 카를로스의 어머니로 그를 바라보게 된다.

연인이 하루아침에 어머니가 되자 카를로스는 엘리자베타를 잊지 못하고 하루하루를 방황하며 지낸다.

결국 카를로스는 아버지인 필리포 2세에게 칼을 뽑아 위협을 하지만 스페인의 식민지 플랑드르로부터 귀국한 친구이자 아버지 필리포 2세의 두터운 신임을 받고 있는 후작 로드리고에게 칼을 빼앗기고 만다.

감옥에 붙잡혀 있는 카를로를 살리기 위하여 친구인 후작 로드리고는 반역의 죄를 대신 뒤집어쓰고 죽음으로써 카를로스에게 플랑드르를 구하고 스페인을 구해줄 것을 부탁하는 유언을 남긴다.

왕자 카를로스는 친구의 죽음을 안타까워하며 엘리자베타와의 사랑보다는 후작 로드리고의 유언대로 플랑드르와 스페인을 구하기 위하여 명예를 선택하게 된다.

엘리자베타와의 만남에서 카를로스는 이승에서는 영원히 이별하지만 천국에서는 다시 만나자며 이별의 인사를 나눈다. 사랑했던 두 사람의 관계 속에서 있을 수 없는 마지막 대화의 일부분이다.

〈어머니여 안녕히…〉, 〈아들아 안녕…〉 이젠 어머니로서, 아들로서 현실을 받아들이며 나누는 인사는 사랑보다는 조국을 지키고 명예를 선택한 카를로스의 결단을 높이 평가하고자 하는 부분이다.

사소한 일에 얽매여 고민과 방황을 하게 되는 내게도 카를로스의 결단이 시사하는 바가 크다. 믿었던 친구의 배신과 가족처럼 사랑을 나누었던 사람들.

사소한 감정에 그릇되는 일이 없도록 마음을 몇 번이고 추스르며 나도 다시금 카를로스의 결단을 실천해 보려 한다.

내 꿈을 위하여…

지루한 시간이었을지 모르지만 4시간 반 동안의 오페라 공연은 내게 많은 생각을 주고 지나간 일들을 돌이켜보는 교훈을 가지게 한 것 같다.

화창한 봄날 그리고 좋은 친구, 사랑하는 아내와 함께 공연이 끝나고 한잔 들이키는 동동주의 맛은 참으로 달콤하기 그지없었다.

이재오

출생
1962년 충남 부여

학력 및 수료
고입, 대입 검정고시
웰빙행복전문 최고위 과정 11기 수료

경력
한국고무공업 주식회사 상무 (1983년~ 현재)
전국검정고시총동문회 산악회장 (현재)
전국검정고시 총동문회 62범우회 회장 역임
사랑교회 안수집사 회장 역임
인재개발진흥원 산악회 회장 역임

수상
대한민국 웰빙행복대상

자격
가스안전관리기사 2급

내 사랑 내 가족!

처음 공저 출간 제안을 받았을 때 많은 생각이 들었습니다.

무엇을 써야 할지, 쓸 내용이 있을까? 나는 평범하게 살아 왔는데 하면서 그냥 산행하고 즐거운 이야기만 작성할까 등 등 스스로 자문자답을 했습니다.

그러다 누구에게도 밝히기 꺼려했던 어린 시절 기억이 불쑥 제게 찾아들더군요.

저는 어린 시절 기억이 많이 아픕니다.

충남 부여의 산골에서 정말 찢어지게 가난한 집에서 태어 나 제대로 먹지도 배우지도 못한 채 성장이 되었는데 동네 애들에게 부모 없는 아이라고 손가락질을 당한 것입니다.

이유는 아버지는 전기 기술자로 일을 하셨는데 전선 작업 도중 사고로 일찍 돌아가셨고, 어머니도 암으로 갑자기 돌아가시는 바람에 부모 없이 유년기부터 외갓집에서 자라게 된 마음 아픈 가족사가 있기 때문입니다.

그러나 가난했지만 외갓집에서 나를 사랑으로 길러주셨습니다.

고입, 대입 검정고시 치르고 외삼촌 회사에 입사하여 40년을 장기근속하며 상무까지 진급하여 잘 살고 있게 된 것은 외가 가족의 짙은 사랑 덕분이라고 생각합니다.

다른 길 가지 않고 올바르게 살아올 수 있도록 평생 사랑을 주신 외갓집 가족들께 평생 보은해도 못 할 많은 감사의 은혜를 입었습니다.

또한, 사랑하는 아내를 만나 자식들 낳고 결혼해서 잘 살고 있으니 이 또한 일찍 돌아가신 부모님께서 주신 사랑의 힘이 아닐까 생각합니다.

너무도 감사한 일입니다.

앞으로도 사랑하는 아내와 함께 가족 모두 건강하고 행복하게 잘 지내며, 사회에 나누고 보은하는 사람으로 열심히 살겠습니다.

하나님의 사랑!

내게는 소중하고 든든한 사랑하는 두 아들이 있다.

큰아들은 단국대학 4학년을 마치고 목회자가 되겠다고 신학대학으로 편입하여 학사 받고 신학대학원에서 석사 학위를 받고 전도사 · 강도사 과정 후 목사 안수를 받고 서울YFC 총무 목사로 하남성민교회의 부목사로 재임 중이며, 자식이지만 경외롭고 존중하는 하나님의 아들 이민우 목사님이다.

둘째 아들 이민현의 사연은 가슴 시린 통증이 있다.
아들이 고등학교 2학년 때였다. 12월 31일 송구영신 예배를 드리고 풋살 경기장으로 축구를 하러 갔고 남은 가족들은 집으로 왔다.

얼마 뒤 큰아들에게서 전화 와서 작은아들이 병원으로 실려 갔다고 말했다.

축구 골대가 아들을 향해 넘어지면서 아들이 크게 다쳤다는 것이다.

부천 순천향병원에 도착하니, 연말이라 당직 의사가 다른 지역에서 긴급으로 왔는데 아들의 머리에서는 피가 폭포수처럼 쏟아지고 병원응급실 복도는 피바다였다.

지혈 끝에 간신히 MRI를 찍은 후 당직의사가 하는 말이, 자칫 환자가 잘못될 수도 있고 장애를 갖게 될 수도 있다고 비관적 예후를 전하며 보호자 서명을 하라는 것이다.

아들의 뒷정수리가 함몰되었고 머리 세 군데가 쪼개져 있었다.

얼굴 역시 함몰된 채 중환자실에 누워있는 아들의 상태는 생존 여부를 판단하기 어려웠다.

다음날 1월 1일 주일날 큰아들과 같이 교회에 가서 목사님께 말씀드리고 교회의 전체 성도들과 함께 중보기도에 들어갔다.

그동안, 혼수상태의 아들이 깨어나지 않아 목사님이 수시로 중환자실에 들어가서 기도해주셨고 5일째 면회 중이던 나의 아내가 혼수상태의 아들 손을 잡고 "엄마가 열심히 교회 다닐께~ 얼릉 일어나"라며 기도하는데 혼수상태의 아들이 "정말이요?"하며 기적처럼 깨어나 처음 말을 하였다.

그때 하나님의 은혜를 체험하는 순간이었다.

이후 아들은 일반 병실로 옮겨져 치료를 받았다.

한 달 후 뇌수막이 찢어져서 수술 중에서도 가장 힘들다는 뇌수막 수술을 하게 됐는데 아들의 척수를 뚫어서 뇌수를 뽑는 수술이 두 번 모두 실패하여 주일날 기도드리고 월요일에 한 번 더 수술을 시도하니까 감사하게 뇌수가 나오기 시작했다.

2주 동안 전신을 고정하며 입원치료를 하였고 그 힘든 치료 재활 과정을 극복하고 하나님의 사랑으로 기적적 회생을 하여 3개월 만에 퇴원해 일상생활 하다가 이제는 결혼도 했고 손주 낳고 후유증 없이 잘살고 있다.

두 아들 모두 하나님의 은혜로 키운 자식들이다.
만사에 감사하며 살아가고 있다.

아픈 만큼 성숙해지는 시간

살아가며 순간의 선택으로 때론 당혹감과 어려움과 긴 방황기의 갈등과 아픔을 겪어야 하는 일도 발생하게 되더군요.

그리고 절망감과 신뢰의 붕괴는 다양한 통증을 유발시키기도 하겠지만, 하나님께서 우리 가족에게 극복의 힘을 선물한 것은 축복이라고 생각합니다.

계획되지 않은 난감한 일들이 생겼을 때 가족들의 화합과 무한한 신뢰와 사랑의 결과는 극복의 힘이었습니다.
참신한 하나님의 사랑의 지원 덕분이었습니다.

가족 간 따뜻한 위로와 사랑이 정서적 고뇌를 치유해주었고 가족 간의 여행과 맛난 식사와 대화는 평안한 안정감을 주기도 합니다.

  현실의 고통을 주고 떠나는 사람 뒷면엔 이웃의 따스한 정을 나눠주는 사람들도 있습니다.

  그래서 세상은 살 만한 곳 같습니다.
  아픈 만큼 성숙해지고 돈독해지는 것이 지혜로운 삶의 방편 같습니다.

孝道

살아온 세월 지나고 보니 지난 30여년 자식들에게
기쁨의 효도를 많이 받았습니다.

아이들이 태어나 기뻤고
아이들이 옹알이해서 기뻤고
아이들이 뒤집을 때 신이 났고
아이들이 첫걸음마 뗄 때는 온 세상을 얻은 듯했습니다.

어린이집과 초등학교 입학하고
중고등학교, 대학교까지 아이들이 잘 자라주었고

아들이 결혼하고 하나님의 복음을 전달하는
성도들을 품고 사랑하는 목회자가 되어 사회와 가정에
기쁨의 孝를 다했으니 이보다 더 큰 효도가 어디 있을까요?

자녀들에게 부모라는 이름의 역할을
다하게 해 주었으니 큰 기쁨이지요.

자식들은 삶의 기쁨이고 축복입니다.
사랑의 주체입니다.

장 미

　어느 해인가 교회를 다녀오는 길에 담장 사이로 붉게 핀 장미가 길가로 뻗어 나와 지나가는 나를 반기고 있었습니다.
　너무도 아름답고 화사한 모습으로 나의 넋을 빼앗은 채 방긋이 웃으며 피었습니다.

　가시 돋친 꽃 항아리 속엔 먹이 사냥을 나선 벌떼들이 공간을 가득 메우고 있습니다.
　청소년 시절, 지나가는 중학교 담벼락을 바라보니 붉게 핀 장미가 피어있었는데 장미 다발 사이로 멀쑥하게 교복을 차려입은 중학생들이 하하 웃으며 걸어오고 있었습니다.

　장미와 교복의 멋진 배경을 바라보며 부러움에 넋이 빠졌던 그 오월이 되면 지금도 입어보지 못했던 교복의 환상이 머릿속에 남아 있습니다.

짙은 장미 향기는 싱그러운 내음 속에 상큼한 꽃가시 나들이가 되어 남아있으니 내년 찾아오는 오월이 되면 가슴 그득히 장미를 안아보고 싶습니다.

감정 지표

사람들의 감정 지표는 선과 악의 두 가지의 표현력을 보입니다. 가끔은 감정 대립으로 시작된 엄청난 시련의 감정 굴곡이 끝을 보이나 싶더니 다시 원점이 되기도 하고, 과격한 폭력성을 나타내고 조금도 손해 보지 않으려는 태도로 얼굴 표정을 일그러뜨리기도 합니다.

중재자로 옆에서 지켜본 입장에서 내가 지혜로 던져준 판단력과 조언으로부터 아비규환 같았던 현장과 감정들이 정리되기 시작합니다. 사람들은 갈등의 화해 방법을 모르고 대처하다 보니 극단적인 방향으로 치닫는 것입니다. 같은 공간에서의 내부 갈등을 조정하고 조력하는 것이 때론 힘들고 난해할 때도 있지만, 누구나 결말이 아름다워야 인생이 축복인 것입니다.

자신들의 욕심을 조금씩만 내려놓을 수 있으면 행복한 마음일 텐데 사람들은 끝없는 욕심에 스스로의 분노를 키우고 있습니다. 조금씩 양보하면 모두 타결할 수 있는 일인데 말이지요.

　나도 때론 피해를 겪고 사는 입장이지만 스스로에게 그리고 주위에 작은 양보와 이해를 권장하고 있습니다.

세속의 언어

사람마다 각각의 다양한 색채의 신비를 품고 있습니다. 흑백의 색채도 있고 변화하는 카멜레온의 색상도 있습니다. 지혜의 샘이 맑은 이도 있고 복잡한 계산기를 두뇌 속에 저장해두고 재빠르게 회전시키는 이도 있습니다.

산행을 하며 나뭇잎을 바라보고 자연이 주는 행복감에 취해 동행하는 사람들과 대화에서 그들의 삶과 열정과 신념을 이해할 때도 있고 사람과 사람 속에서 아직도 감성들이 살아있다는 것을 느낄 때도 있습니다.

세속의 언어 중에 가장 아름다운 말은 "사랑"입니다.

가족 간, 지인들 간, 사회적으로 누구나 아끼며 배려하는 중에 "사랑"은 사람의 마음을 따뜻하게 하고 사회에 온기를 불어넣어주기도 합니다.

영화 "국제시장"

오래전 보았던 국제시장 영화를 떠올리며 작성하는 글이다.

1950년대 한국전쟁 이후로부터 현재에 이르기까지 격변의 시대를 관통하며 살아온 우리 시대 아버지 '덕수'(황정민 분). 그는 하고 싶은 것도, 되고 싶은 것도 많았지만 평생 단 한 번도 자신을 위해 살아본 적이 없다. '괜찮다' 웃어 보이고 '다행이다' 눈물 훔치며 힘들었던 그때 그 시절. 오직 가족을 위해 굳세게 살아온 우리들의 아버지 이야기가 지금부터 시작된다. (출처: 국제시장 소개글)

이 영화는 시대적 공감과 공생을 시사하는 영화이다. 눈물이 주르륵 흐르며, 지나간 우리의 근대의 과거사를 보게 되었다.

대한민국이 발전을 이룩해서 변화된 기간이 결국 최근의 근대사라는 걸 젊은 친구들이 이해하길 바라는 마음이 들었다. 윤덕수라는 영화 속 주인공이 뇌리에서 떠나지 않고 먹 먹하게 남아 지나간 과거 속 유년기적 우리들을 생각나게 하고 있다. KBS 이산가족 찾기 때 전 국민이 TV 앞에 몰려 앉아 너도나도 울었었던 기억들이 영화 속의 소재로 인하여 다시금 1980년대 나의 청년기를 떠올리게 한다. 주인공 황정민의 역할인 윤덕수는 노인이 되었고 평생지기 영숙 씨가 있어 축복받은 남자였지만, 가장으로서 참 힘들게 살아온 이 시대의 아버지다.

몇 년 전 동짓날의 추억

눈과 섞인 진눈깨비가 내리는 어느 해 동짓날이었습니다.
길을 걷는데 무언가 주변이 부산스럽네요.
친구들과 만남이 있어 종로의 광장시장으로 나갔습니다.

친구들과 만나 팥죽과 빈대떡으로 우선 요기하고 막걸리
에 모듬전을 먹었습니다.
주변이 왁자지껄 소란스러우면서도 우리들의 대화에 집중
하다 보니 주위의 소란함이 사라짐을 느낄 수 있었습니다.

친구들과 후식으로 광장시장 안 "커피에 반하다" 카페에
들렀습니다.
곁사람들 이야기가 두런두런 의미 없이 귓가를 스치네요.

날씨가 스산하고 춥습니다.

여기저기서 송년회가 즐비한지 현수막들이 많이 보이네요. 모두들 연말을 보내느라 정신들이 없어 보입니다.

수십 년째 몸담고 조용히 일할 수 있는 나의 직장과 공간이 가장 평안하고 그 평안함이 때론 나의 정서적 안녕을 유지시키고 있다고 생각하게 됩니다.

동짓날 저녁 전철을 타고 부천으로 귀가하는 시간대에 전철 안은 지옥철로 변해있었지만, 북적대며 사람 냄새나는 세상이 온통 아름답네요.

산행을 하며

산을 오르다 보면 눈과 마음은 맑아지고 마음속 정서는 청아해지며 산속의 나는 자연인이 됩니다.

산의 따스한 정기가 우리 모두를 불러들여 산속 능선마다 사람 소리와 자연의 색감으로 화려하게 수놓습니다.

늦가을 만추의 계절엔 영혼까지 녹아내릴 태세로 산이 우리를 지배하며 흥에 겨운 천연색상의 파티를 열어줍니다.

상쾌함과 자연의 향기는 사람들의 넋을 잠시 빼앗아 가 버리네요.

다들 외쳐댑니다!

아! 너무 좋다!
참! 좋다! 라고 말입니다.

그래서 산을 좋아하는 이들은 산의 매력 앞에서 마음을 흠뻑 내어주고 돌아와 다시 산을 찾게 되는가 봅니다.

함께하는 산행의 행복감

코로나19로 닫혀 소수의 인원들과 함께 해왔던 조촐한 산행을 벗어던지고 사랑하는 많은 이들과 자주 산행을 떠나고 싶네요.

이제 늦가을인데 빨리 따뜻한 봄이 왔으면 좋겠습니다.

적막한 산길에서 혼자 하는 산행은 생각의 무게를 덜어내는 오묘한 매력이 있지만 코로나로 막혔던 산행에서의 고독감이 오래 걸렸네요.

때론 혼자만의 휴식을 찾기 위해 혼자 산행을 즐기는 산악인들도 있습니다.

음악 크게 틀어놓고 노래를 흥얼거리며 스치는 이들도 있고 앞만 바라보고 미친 듯이 정상을 향해 달려가는 이들도 있습니다.

지인들과 회원들과 함께하는 산행은 대화가 즐겁고 중간
중간 자연에 쉬어가며 여가를 즐기는 순간순간이 행복합니
다.

　　사람이 잘 살기 위해서는 스스로 삶의 만족도가 높고 행복
지수가 증대되어야합니다.
　　그래서 '산을 좋아하고 즐기는 이들은 행복지수가 높다'라
는 생각입니다.

삶의 여유

　우리 사회는 가족 단위가 아닌 혼자 삶을 체험하는 일들이 증가되는 시대에 살고 있습니다.

　현대 사회에서 홍수처럼 쏟아지는 다양한 스트레스를 해소하기 위한 선택이었을까요?

　가족 간 대화도 단절되어 점점 스마트폰세상에서 혼자 살아가듯 살아가는 사람들이 늘어나고 있네요.

　베이비부머 세대 중에서 졸혼(이혼하지 않고 결혼 생활 청산하여 독립함)이 증가되고 혼여행(홀로 하는 여행), 혼숙(게스트하우스나 비즈니스호텔에서 혼자 투숙), 혼술(생각하며 혼자 마시는 술)을 즐기는 사람도 늘고 있답니다.

그러나 감성을 지켜야 합니다.

감성을 잃어버리면 기계와 같은 무감성 사회에서 살아갈
수도 있을 것입니다.

힘들 때 전국검정고시 총동문회 산악회에 참여하여 함께
산행하며 삶을 토론하고 고뇌를 나누고 힐링하는 시간을 자
주 갖게 되면 좋겠습니다.

삶의 여유는 스스로에게서 해답을 얻게 되거든요.

자신의 생각에 따라 인생은 쫓기든, 여유롭든 삶의 방식이
달라지는 것 같습니다.

감사함으로 살아가는 세상

살아가면서 스치는 여러 생각이 있습니다.

첫째 아내와 더불어 정신적, 육체적 건강함의 감사입니다.

둘째 자녀들이 건강하고 바르게 성장됨의 감사입니다.

셋째 탐욕 없이 순수하게 살아감에 대한 감사입니다.

지난 수십 년간 대내외 활동을 통하여 많은 자원봉사를 참여해보았습니다.

가장 마음이 평안하고 참여와 봉사의 보람을 느낀 곳은 검정고시동문회입니다.

저도 많이 부족한 사람이라 노출된 사회적 평가의 장소보다는 정적인 안정감을 원하게 되는데 전국 검정고시인들의 다양한 면을 바라보며 봉사를 하게 되면 함께한다는 동질감의 평안함과 행복감이 크게 느껴집니다.

새로운 인연을 만나도 검정고시인이라는 이유로 가족처럼

이웃처럼 함께해주고 대화하고 인사 나누는, 평범한 이웃의 정을 나누는 곳입니다.

거창한 겉치레의 봉사와 많이 다른 곳입니다.
평안해지고 행복을 교류하는 봉사가 진정한 봉사 같습니다. 더불어 이런 행복한 자원봉사에 참여를 할 수 있게 항상 지원해주는 우리 가족들에게 고맙다 감사하다 말하고 싶습니다.
사랑한다는 말도 함께요.

이건덕

출생
1962년 충북 옥천

학력 및 수료
고입, 대입 검정고시
한남대학교 무역학과 학사
한남대학교 경영대학원 MBA석사

경력
제20회 대전문인협회 시부문 신인작품상 수상
문예마을 이사
현대자동차 영업직차장으로 재직 중

고마운 여학생

해마다 깊어가는 가을이면 그때 그 고마운 여학생이 뇌리에 스친다.

지겨운 농사일도 그렇고, 구차한 가정을 일으키겠노라며 중학교 진학을 포기하고 상경하여 작은 가내수공업 가방 공장에 다니던 소년공 시절, 출근길 시내버스 안은 교복 입은 학생들로 가득하다. 창밖은 싸늘한데 만원 버스 안은 김 서림으로 그윽하다. 모든 이들의 따스한 입김이 차창에 매달려 뿌연 도화지를 만들어준 때문이다.

그때였다.

내 또래 정도 되는 한 교복 입은 여학생이 하얀 검지손가락으로 차창에 알 수 없는 무언가를 열심히 썼다가 지우곤 하였다. 아마도 영어인가보다. 그 광경을 지켜보노라니 머리가 쭈뼛하며 그 여학생이 한없이 부러웠다.

'나도 중학교에 다닌다면 저렇게 쓸 수 있을 텐데…'

그날 밤 꿈을 꾸었다.

중학교 교복을 입고 모자를 쓰고 가방을 들고, 완벽한 중학생의 모습으로 등교를 하고 있었다.

학교 교문 앞까지 다다랐는데 그 문을 들어서지 못하고 잠에서 깨었다. 참으로 아쉬웠다. 나도 중학생이구나 좋아했는데, 꿈이 깨어지는 순간 소년공의 현실로 돌아온 것이다.

또다시 출근길, 지난날과 같이 버스 안은 만원이다.

오늘도 같은 차창이건만 차창에 손을 대는 학생이 아무도 없다. 내가 쓸 수만 있으면 좋으련만 아쉬웠다.

모처럼 휴일을 맞았다.

회사는 첫째, 셋째 주 일요일만 쉬었다.

쉬는 날이면 서울의 거리를 거니는 게 일상이었기에 그날도 서울의 거리를 거닐었다. 왕십리를 거쳐 영동대교를 거닐고, 다시 유턴하여 청계천 동대문 시장을 돌았다.

그런데 그날, 이전엔 보이지 않던 헌 책방이 눈에 들어왔고, '영어의 첫걸음'이란 책이 기다렸다는 듯 반가이 맞이해 주었다. 정말 반갑고 고마웠다.

그날 밤부터 '영어의 첫걸음'과 친구가 되었다.

인쇄체 대문자 소문자, 필기체 대문자 소문자를 쓰고 또 썼다. 책 속의 모든 단어들을 완벽하게 쓸 수 있을 때까지 몇 날 며칠을 쓰고 또 썼다.

'영어의 첫걸음'을 통달하고 맞이하는 출근길이 한없이 가볍다.

버스 안은 여전히 교복 입은 여학생들로 가득하다.

엷은 미소와 함께 차창을 바라보았다. 글을 쓰기에 안성맞춤이다.

여학생들은 숨을 죽이며 차창을 응시하고 있는 듯하다.

용기를 내었다. 아니 자신 있었다.

언젠가 나의 가슴을 짓눌렀던 열등의식을 안겨 준 그 여학생도 어디선가 바라보고 있겠지.

영어로, 필기체로 자신 있게 썼다가 지웠다.

가슴 후련했다. 그리고 자신감이 생겼다. 나도 할 수 있을 것만 같다. 일하면서 공부하자는 생각이 가슴을 쿵쾅거리게 했다.

그로부터 시작한 주경야독.

중고등학교 검정고시를 거쳐 야간대학으로, 대학원으로 학업을 이어갔다.

그때, 그 차창에 무언가 열심히 썼다가 지웠던 그 여학생이 한없이 고맙다.

나는 가끔의 출근길에 버스 차창에 무언가를 열심히 썼다가 지우고 싶다.

늦다고 생각될 때가 가장 빠르다는 것을 일깨우게 해준 그 고마운 여학생처럼!

불타는 가을 산

온갖 푸르름으로
폭풍우 견뎌내고
저마다 옥동자 결실 맺더니
이제 모든 걸 이루었노라

오색 모여 신비의 자태 이루니
아~ 다름이 모여 하나의 이룸으로
또 다른 기쁨을 선사하누나

저 무대 걷힐 때면
한 잎 두 잎 차세대를 위한 밑거름이 되어 주는가

나도 가을 산인가
더 늦기 전에
열정을 불태워 다른 이들의 마음을 기쁘게 하는
불타는 가을 산이 되리

가을 하늘

화창한 가을 하늘이
당신을 닮았네요

사이사이로 솟아난 뭉게구름은
하얗게 드러낸 이빨

그 사이로 비추는 햇살은
살인적인 미소

활짝 핀 하늘은
나를 향한
거짓 없이 영원하리라는 신뢰의 눈빛!

낙엽 편지

창틈으로 스며든 찬 공기는
콧등을 간지럽히고
가을을 남기고 떠나신 엄니 그리워하는데

어디선가 날아든 낙엽 한 장이
창문을 노크한다

아
그 속에 환하게 비추이는 엄니의 얼굴

고맙구나 아들아
천국은 확실히 있더구나

뭉게구름

하늘 아래 피어난 뭉게구름 맑은 가을 하늘 시샘하나
어디로부터 왜 왔을까
가고픈 목표가 있나
아 저 구름 곧장 사라져가네
나도 저 구름과 같으리니
기왕이면
힘들어 지치고
외로워하는 사람들 위로하는
자그마한 존재 되었다가
금세 사라져 가리

방포 해수욕장에서

요란한 건 쉼 없이 몰아치는 파도소리뿐
이토록 평온한 휴식은 없었다

지루한 장마 그치고
숨죽였던 폭음의 연장에 선 열대야
잠 못 이루게 하는데

풀벌레 불러주는 자장가 합창소리에
님 만날 꿈나라 여행 떠난다

창문 너머
먼 하늘 반짝이는 북극성이
나의 꿈길 여행 벗되어 준다

빛진 자의 고백

어느 날 문득
꽃 찾아 날아든
한 마리 나비처럼 다가와
나의 자아와 영혼까지
송두리째 앗아간
당신은 욕심쟁이
당신을 알고 싶어 훔쳐본
일기장엔
온통 사랑의 대명사뿐

아
오늘도 난
사랑의 빚진 자되어
당신의 일기장을 훔치네

첫 미팅

그날
석양의 태양이 아쉬움을 불태울 때

철도 건널목 저편에서
유난히 반짝이는 눈망울로
내 눈을 맞추었지

내 눈빛도 번쩍 머리도 쭈뼛
둘의 눈 맞춤 시샘하나

띵동띵동 칙칙폭폭
때마침 가로지르는 열차가
유난히 길게도 느껴졌지

행여나 그 눈길 사라질까 조마조마
경부선 열차는
아름다운 만남 이루라며

기적소리 흩뿌리며 사라져 갔지

철도 건널목 한복판에서
맞잡은 손
마치
그리워 그리워서
한걸음에 달려온
오랜 친구인 양

첫 키스

싱그러운 오월
흐드러진 아카시아 꽃 내음
사랑의 향수를 흩뿌리네

원두막 테이블에 놓인
진한 커피 향은
사랑의 감정을 자극하고

지저귀는 새들도 사랑의 멜로디로 축복할 때
천사는 자장가 삼아 지그시 눈을 감네

살짝꿍 입맞춤에
뺨을 강타하고야 말았네
왠지 가슴 설레이게 한
한 대 얻어맞은 첫 키스

눈물

온종일 내리는 저 비는
그냥 비가 아니랍니다

미치도록 보고 싶은 그댈 그리는
하염없이 흐르는
내 눈물입니다

나는 바보일까요?
가슴이 아파도
눈물이 흘러도
오직 그대만을 그리는
나는 바보인가요?

너무나 보고 싶기에
너무나 사랑하기에
하늘 향한 통곡의 외침에 감동한 하늘은
빗물로 위장하여
아픈 나를 위로해 줍니다

며 눌

천사도 흠모하며 질투하겠지
나의 엑기스를
송두리째 쟁취한 너를

천사가 사랑의 울타리로
너를 보호하며 기도하리니
너는 큰 꿈 이루는 지아비를 섬기는 자 되리
장마 멈춘 밤하늘에 반짝이는
수많은 별들도
너를 한없이 부러워하누나

홀로여행

긴 세월 이런가
저기 저 푸르른 갈잎
옹골지네
한 닢 두 닢 떨어져 결국

홀로
한 닢 파르르 떨며
지난 시름 떨쳐보네
영원히 같이 이려던
짝꿍 아랑곳없이
홀로 가을 여행 쥐어 잡네

불 멍

땅거미 밀려오고
희망 등 하나둘, 불 밝힐 때
한날의 고뇌 달래주는 불멍

지난 시름
다 쏟아 내란다
다시금 일어서라고

몸 바쳐 타오르는 열정
그 속에서 새 희망을 찾는다

자신을 희생하며
남을 배려하는 너가 부럽다
넌 정말 좋은 친구다

부활

사월은 부활이어라
세상 멈추고
사라졌던 사랑
다시 살아나리라

사랑은 침노하는 자의 몫
새봄과 함께 찾아온 사랑은
영원한 부활을 날갯짓하네

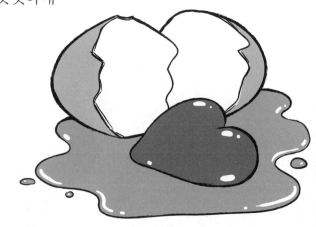

그리움

흐드러진 목련에 봄은 무르익는데

다시 오겠다던
내 님은 소식이 없네

막 피어오른 진달래가
붉어진 뺨으로 미소 짓누나

아파트

열대야 폭풍우 몰아칠 때
내 님 지켜주는 안식처

새 희망 꿈꾸며
엔도르핀 솟아나는 원천

그곳에
나의 영혼도
함께하네

홀로사랑

새록새록 순수함이
봄이라 그런 줄 알았습니다

우아한 자태가
여름이라 그런 줄 알았습니다

풍성한 여유로움이
가을이라 그런 줄 알았습니다

포근함으로 감싸주기에
겨울이라 그런 줄 알았습니다

빈 의자

찬 이슬 머금은 단풍잎
색동옷 갈아입고
무르익은 가을 하늘
드높이 떠 있는데
나 홀로 외로이
님 그리워 몸서리치네

아
님은 다시 오시련만
시린 가슴
따스하게 감싸시던 등줄기
한없이 그리워라

선물

아침에 눈을 뜨니
그분은
오늘이란 선물을 주셨습니다

우와,
값없이 주신 은혜의 선물
주신 은혜에 감격하며
그분이 기뻐하시도록
소중하게 예쁘게 사용하렵니다
내일도
또 주실 것을 기대하면서

세일즈맨의 기도

주여! 오늘도
이 세일즈맨의 머리 방향은
오직 고객을 향하게 하소서
머리엔 풍부한 업무지식을 이고
두 눈은 예리하게 빛나게 하시고
가슴은 뜨거운 정열을 갖게 하소서
먼저
인격을 팔게 하시되
최고의 상품은 바로
신뢰라는 상품이게 하소서
오늘 뿌린 신뢰의 씨앗은
반드시 거두리라는
확신에 찬 발걸음을
뚜벅뚜벅 걷게 하소서

검정고시

드르륵 드르륵
가방공장 미싱 아래 쪼그린 채
연신 쪽가위와 씨름하며
받는 월급 삼천 원
공장 시마이하는 늦은 저녁
미싱 기름 뚝뚝 떨어지는 그곳은
어린 노동자의 희망을 불살라준 곳
이불 뒤집어쓰고 손전등 켜고 익힌
영어의 첫걸음은
온종일의 노동의 피로를 씻고
내일의 꿈과 희망을 불태운 곳
검정고시는
꿈과 희망의 보약

여명의 기도

저기
어둠 헤치고 희망 안고 달려오네
오늘을 살아갈 힘의 원천
오늘을 지탱시켜 줄 만나
오늘을 건축할 설계도

여명의 기도는
오늘을
목적지까지
안전하게 인도할 내비게이션

새벽 기도

희로애락 쏟아부을 때

함께 웃어주고
함께 울어주고
함께 들어주는

새벽 기도는
둘도 없는 내 친구

권영순

출생

1962년 경북 성주

학력 및 수료

대입 검정고시

영남이공대 사회복지학사 졸업

서울벤처대학원 대학교 사회복지상담학 석사 졸업

서울벤처대학원 대학교 사회복지상담학 박사 과정 재학 중

경력

대한생명보험(주) (8년 근무)

해피디자이너센터시설장(3년 근무)

혜인재가복지센터장(4년 운영)

혜인요양원시설장(2년 운영)

은혜재가복지센터장(2015년~현)

전국재가방문요양협회대구서구지회회장(현)

전국검정고시대구동문회재무부장 9년째(현)

수상

영남이공대학교 표창장 선행부분(2008년)

공로패 (천마향기봉사단 2007년)

감사패 (대구광역시시각장애인연합회)2012년

대한민국인성교육대상(사회복지부분 대상)2019년

감사패(관문농악봉사단) 2021년

표창장(서울시의회 의장) (2022년)

대한민국 자원봉사대상 (2022년)

자격

사회복지사2급

간호조무사

보육교사2급

한식조리사

요양보호사1급

교원자격증

심리상담사1급

웰빙행복지도사1급

여가문화체험지도자1급

행복가정복지사2급

나의 인생을 바꾼 검정고시

어느 여름 저녁 남편이 술을 마시고 친구들 앞에서 못 배움에 대한 모욕적인 말을 한 적이 있다. 늘 가슴 한구석에 배우지 못한 아쉬움이 자리 잡고 있던 내게 남편의 그 한마디는 비수처럼 가슴에 꽂혔다. 배우지 못한 것이 내 잘못이 아니건만 왜 이리 마음이 아프고 쓰린지 밤에 한숨도 못 자고 밤을 새운 것 같다.

다음날 아침 9시가 되자마자 114에 전화를 해서 검정고시 학원 전화번호를 물어서 상담을 했다. 방문을 하면 좀 더 자세히 설명해 준다고 하여 방문 상담을 하고 바로 학원을 등록했다. 낮에는 일하고 저녁에 하루도 빠지지 않고 열심히 학원을 다녔다. 1년 만에 고입, 대입검정고시 합격을 하고 너무 좋아서 하늘이라도 날고 싶은 심정이었다.

이제는 이력서에 고졸이라고 당당히 쓴다는 생각을 하니

상상만으로도 행복했다. 함께 공부하고 함께 합격한 분이 대학교 두세 개를 알아봤으니 같이 가면 등록금 할인 혜택도 있다고 하며 입학을 권유하였다. 나는 대학교는 가고 싶지만 등록금이 부담이 되어서 못 간다고 하였다. 그러자 그분이 조금 흥분된 목소리로 "나도 가는데, 영순 씨는 나보다 나은데 왜 못 가느냐"고 하며 "나는 신용불량자이고 집도 전세이며 현재 용역에서 일용직을 하는데 영순 씨는 집도 있고 직장도 있으면서 겨우 검정고시 합격하려고 1년간 고생했어요?"라고 하였다.

갑자기 무언가에 얻어맞은 기분이 들면서 "맞아. 내가 저분보다는 낫다"는 생각이 들었다. 그분은 학원에 다닐 때 학원 근처에서 식당을 운영하였는데 가끔 학우들과 그분 식당에 가서 식사도 하였다. 그러나 손님이 없어서 식당을 접고 용역에 일용직으로 나간다고 하였다. 한때는 시련을 겪으셨지만 지금은 자녀들 삼남매 모두 결혼 시키고 안정된 생활을 하고 계시며 열심히 교회 봉사도 하고 계신다고 한다.

내가 살아오면서 도움을 주신 분이 많이 계시지만 꼭 감사의 말을 전하고 싶은 사람은 두 사람이다. 그분 덕분에 용기를 내어서 대학을 갔고 지금은 대한생명 FP(설계사)에서 장기 요양 관련 사업을 하게 되었다. 서울벤처대학교 대학원에서 석사를 졸업하고 박사 과정 재학 중이기도 하다.

　한 사람은 검정고시 친구로 만나서 제자로 받아준 오서진 교수님이다. 늘 성장을 부르짖으며 당근과 채찍을 함께 주시는 분이다. 고마움을 말로 표현하는 것이 서툴긴 하여도 마음은 항상 고마움을 가슴에 품고 있다는 것을 알아주길 바라며, 오서진 교수님! 늘 건강하고 활기찬 모습으로 당당히 사회의 시민 단체장으로서 소외된 곳에 한줄기 빛과 소금이 되길 기원합니다.

음식의 신세계

지금으로부터 40년 전, 스무 살 갓 넘어 처음 먹어본 너무나 맛있는 "음식 맛"의 이야기다. 복어탕, 소불고기, 냉면을 처음으로 먹어본 순간 나는 맛의 신세계를 경험했다.

그 신세계의 음식 맛을 지금도 잊을 수가 없다.

시골에서 한 번도 먹어보지 못한 맛으로 세상에 이렇게 맛있는 음식도 있었나? 자문자답하며 신비로운 맛에 취했었다.

얼큰하면서 시원한 복어탕, 달달하면서 부드러운 소불고기의 감칠맛, 쫄깃한 면발 달콤 시원한 국물 맛. 아직도 그 맛을 잊을 수가 없다.

현대 사회는 외식 산업이 활성화되어 여가 생활을 즐기는 이들이 맛집 탐방을 하고 홍보도 되지만, 40년 전은 외식이라곤 자장면 한 그릇 몇 년에 한 번 먹을까 말까 하던 시절이었다. 그때의 맛있는 음식 맛은 지금 생각만 해도 행복하다.

그런데 지금은 아무리 맛있는 음식을 먹어도 그때 그 맛이 나지 않는 건 왜일까?

나의 행복한 놀이터 농막에서의 하루

농막에서의 하루는 아침에 잔디를 다듬으며 시작한다.

허리 좀 펴서 쉬려고 하면 저기서 풀들이 "저요. 저요."하면서 손짓을 한다.

점심도 거르고 풀만 뽑다가 지치고 힘들기도 하지만 밤에 하늘에 뜬 별을 보며 도시에서 보지 못하는 별을 농막에서 보니 새삼 공기가 맑다는 것을 실감한다.

친구들과 함께 백숙도 해 먹고 숯불에 고기도 구우며 재잘재잘 수다를 떨고 여름에는 계곡에서 물놀이도 하고 참 행복한 공간이다.

나의 예쁜 손녀가 잔디에서 해맑게 웃으며 뛰어노는 모습이 너무 귀엽고 사랑스럽다. 손녀들이 아파트 층간소음 때문에 맘껏 뛰지 못하는 스트레스를 풀 수 있는 곳, 물총도 쏘고 공차기도 하고 "할미 이건 무슨 꽃이야?"하고 묻기도 하고 호박, 가지, 고추나무를 보고 신기해한다. 산이 있고 계곡이 있고 별도 있고 맑은 공기가 있어 언제든지 시간만 내면 쉴수 있는 곳이 있어 행복하다.

친구들과 함께한 독도회갑여행!

어느새 벚꽃도 지고 개나리도 지고 곧 장미꽃 만발하는, 계절의 여왕이라고 불리는 5월을 눈앞에 두고 임인년 친구들 22명과 함께 코로나를 이겨내고 독도로 회갑 기념 여행을 떠나기로 했다. 며칠 전부터 수학여행 가는 것처럼 설레는 마음으로 기다려졌다. 흰색 티셔츠에 청바지를 단체복으로 입고 떠나는 울릉도, 독도 여행. 드디어 출발하는 날, 저녁 7시 홈플러스 앞에서 만나 나의 차로 포항 여객선 터미널까지 가면서 엄청 수다를 떨었다.

다들 활짝 핀 얼굴로 남편, 아들에게 용돈 받은 것, 회갑생일잔치 이야기 등 서로 자랑하느라 바쁘다. 호호 하하 웃어가며 신나는 감정이 최상의 행복이었다.

포항 여객선 터미널에 20시 30분 도착해서 22시 30분까지 밖에서 기다리는데 봄이지만 너무 추워서 많이 추위에 떨었던 기억이 난다.

아직 터미널 건물이 지어지지 않아서 임시 건물과 임시 주차장만 마련된 좁은 곳에 사람이 너무 많아 들어갈 자리도 없었고 코로나 때문에 밖에서 기다리기로 하였다.

마침내 크루즈에 승선하여 다들 자리를 잡고 식당에 모이고 나서 이벤트가 시작되었다. 22명이 회갑 기념으로 특별히 주문한 "호랑이" 케이크에 촛불을 켜고 생일파티 노래가 퍼지자 배 안의 모든 사람들이 부러워하는 눈길로 축하를 해주었다.

첫째 날 숙소에서 회갑 여행 소감 발표를 하였다. 친구들 제각기 진심이 통해서일까? 가슴이 뭉클해지며 나도 모르게 눈가에 눈물이 고였다. 순간 친구들을 보니 친구들도 같은 마음이었다.

다음 순서로 3,6,9게임을 하였다. 처음에는 걸리면 술잔을 받았고 두 번째 걸리면 노래를 부르게 하였는데 매번 걸리는 친구가 걸려서 혼자 노래를 부르니 다음에는 벌금을 내기로 하였다. 현금이 없으면 회장이 대출도 내주며 고리 이자 받아서 회비로 넣기도 하고 정말 많이 웃고 힐링이 되었다.

아침 7시에 울릉도에 도착해서 일정을 마치고 기상 상황상 마지막 날 독도를 갔는데 갈 때는 멀미 없이 독도에 겨우 접항을 하여 사진도 찍고 독도는 우리 땅 노래도 부르며 즐겁고 행복해했다. 그러나 승선을 할 때쯤 바람이 불면서 파도가 높아져 돌아오는 배가 심하게 요동을 치는가 싶더니 배 이곳저곳에서 난리가 났다.

　멀미를 해본 적이 없는 나도 멀미를 하고 22명의 친구들 80%는 멀미를 한 것 같다. 한 친구는 바닥에 누워서 일어나지도 못하고 죽는다고 소리 지르고 옆에서 다른 친구가 간호하고 엄청 힘들었는데 배에서 내리니 언제 그랬냐는 듯이 멀미가 사라지고 평온해졌다. 여행지를 다니는 것도 재미있었지만 저녁에 친구들과 모여서 게임을 하며 보낸 시간이 더 행복했다. 2022년 회갑 기념 독도 여행은 오래도록 잊지 못할 추억으로 남을 것이다.

한식조리사 시험의 부당함을 겪으며!

　내가 제일 좋아하는 계절은 봄이다. 따뜻한 봄 햇살이 다가오고 새싹이 파릇파릇 돋아나는 2008년 봄날에 한식조리사 자격증을 취득하고자 낮에는 출근하고 밤에 학원을 다니며 배워서 초여름쯤에 한식조리사 시험을 치르게 되었다. 과제는 돼지갈비찜과 화전이었다. 열심히 시간 안에 과제를 내었지만 결과를 확인하니 실격이라고 되어있었다. 공단에 전화를 하여서 이유를 물어 보았더니 처음에는 돼지갈비 고기가 덜 익으면 실격이라고 했다. 내가 고기는 뼈가 저절로 빠질 정도로 익혔고, 감자도 손대면 부서질 정도로 익혔다고 하였더니 다음에는 화전이 네 개밖에 없어서 실격이라고 하였다. 너무 어이가 없고 부당해서 시험 채점 한 것을 보자고 하니 안 된다고 하며 보여주지 않았다. 화전도 접시 위에 네 개를 깔고 위에 한 개를 얹어서 예쁘게 담았는데, 분명히 다섯 개를 놓았는데 네 개라고 하면서 실격이라고 하니 너무 억울했다. 불합격이라면 이해를 하겠는데 실격은 정말 말이 안 되는 상황이었다. 다른 사람 것을 보자는 것도 아니고 내 것만 보여 달라고 하였는데도 안 된다고 하니 아마도 담당자가 실수로 다른 사람과 점수를 바꾸어 입력을 했을 가능성이 있다는 생각이 들었다. 그 당시에는 CCTV가 없었던 시절이라 휴대폰 사진으로 기록을 남겼어야 했다는 후회와 아쉬움이 컸다. 나는 요리는 자신이 있었고 화전은 내가 가장 잘 만드는 음식이며 주변에서 음식 맛있게 한다는 소리를 많이 듣는데 실격이라니. 정말 너무 억울해서 1인 시위라도 하고 싶은 심정이었지만, 직장을 그만둘 수가 없어서 '나 대신 다른 사람이 합격되었겠지'하고 마음을 다잡는 데 많은 시간이 걸린 것 같다. 지금도 그때를 생각하면 부당함에 억울한 생각이 든다. 화전과 돼지갈비찜은 내가 좋아하고 잘하는 요리 중의 하나여서 더 아쉬웠다.

새 식구를 맞이하며!

첫 아들이 태어나던 날 조그만 손과 발을 보며 너무 작아서 만지면 터질까 불면 날아갈까 조심스럽게 내 품에 안았던 것이 엊그제 같은데. 어느새 훌쩍 자라서 나에게 든든한 지원자가 되어줬던 아들이 결혼을 하는 날 양가감정이 들었다. 한편으로는 여자는 나 혼자였던 집안에 한 여자(며느리)가 들어와 내 편이 생겨서 좋았지만, 또 한편으로는 항상 내가 해주는 밥을 먹고 다녔던 아들이 이제는 집을 떠나 독립을 하여 매일 보지 못하니 며느리에게 빼앗긴 것 같아서 너무 섭섭함이 들었을 때 예비 며느리의 편지를 받았다.

TO. 아버님, 어머님께

안녕하세요.

앞으로 아버님, 어머님의 며느리가 될 태은입니다.

처음 인사드리던 날 떨리고 수줍던 마음이 아직 가라앉지도 않은 것 같은데 어느덧 새 색구가 될 준비를 하고 있습니다. 처음엔 마음에 안 들어 하시면 어쩌나 많이 염려하고 불안해했었는데, 다행히 반갑게 맞아 주시고 마음 써 주셔서 진심으로 감사의 마음이 들었습니다.

이것저것 결혼 준비를 하며 아직 너무나도 부족하고 모르는 것이 더 많아서 어머님께 걱정을 끼쳐 드리지 않을까 많은 걱정이 앞서지만 사랑으로 지켜봐 주시는 어머님이 옆에서 하나하나 알려 주시면 배워가며 잘할 수 있도록 노력하겠습니다. 든든하고 자상한 경윤 오빠를 멋진 남자로 키워주시고 저를 며느리로 기쁘게 맞아주셔서 너무너무 감사합니다.

아무것도 모르는 철없는 저이지만, 아버님, 어머님 마음에 드는 사랑스런 며느리이자 예쁜 딸, 오빠에게는 좋은 아내가 되도록 많이 노력할게요. 저희 두 사람 앞으로 좀 더 성숙된 모습으로, 행복한 가정 꾸미면서 예쁘게 살아가는 모습으로 부모님 은혜에 보답하겠습니다.

저희가 오래오래 효도할 수 있도록 건강하세요. ♥

　　　　　　　-부족하지만 사랑받고 싶은 예비며느리 올림-

이 한 통의 편지가 나에게 감동을 주었고 위로가 되어서 섭섭한 마음이 며느리보다는 딸을 맞이하는 마음으로 바뀌는 계기가 되었다.

40년 가까이 세 남자하고만 살다가 딸이 생긴다고 생각하니 마음이 설레기도 하고 은근히 딸에 대한 기대도 생기면서 행복한 꿈을 상상하기 시작했다.

단양팔경 가족여행

아들이 대학을 졸업하고 취직을 하고 처음으로 가족 여행을 떠나던 날. 2014년 벚꽃이 지고 진달래 꽃잎도 지고 장미꽃이 만발하는 오월, 큰아들이 결혼하기 전에 우리끼리 산행 한번 하자고 제안을 하여 떠나게 된 여행은 단양에 있는 까치봉과 단양팔경을 1박 2일로 돌아보는 코스였다.

아들이 대명콘도를 예약하고 산행 코스도 잡고 준비를 꼼꼼하게 하여 편하게 여행을 하게 되었다. 힘들게 까치봉 정상에 올라가서 김밥으로 점심을 먹고 내려오는 길에서 바라본 절경이 너무 아름다워서 한없이 행복감을 느꼈다. 다음 날에는 유람선을 타고 도담삼봉과 구담봉 등 단양팔경을 둘러보았다.

날씨가 조금 덥긴 했지만 멋진 경치를 보고 나니 제대로 여행을 한 것 같아서 힘들지 않았다. 돌아오는 차 안에서 아들이 "우리 네 식구 여행은 오늘이 마지막이 되었네요."라고 말했다. 나는 "이제 식구가 늘었으니 같이 와야지."라고 하며 내년 봄에는 새 며느리와 같이 남해에 가기로 합의하였다.

며느리와 떠나는 가족여행

새 식구가 들어오고 처음으로 남해, 통영으로 가족여행을 갔다.

며느리가 커플 티셔츠를 가지고 와서 커플룩도 처음으로 입어보았다.

제일 먼저 바다 밑에 지어졌다는 해저 터널을 보러 갔다.

'동양 최초의 해저 터널이라고 하는데 어떻게 만들었을까?'하고 궁금하여서 꼭 가보고 싶었던 곳이었다. 터널 안 벽면에는 공사 장면이 사진과 함께 잘 설명되어 있어서 공사하면서 겪은 어려움을 이해할 수 있었고 내가 서 있는 이곳이 바다 속이라는 것이 신기하였다.

다음으로 동피랑 벽화 마을을 갔다. 좁은 골목에 오르막길이지만 벽화로 단장을 하여 통영의 새로운 관광 명소가 된 곳에서 아늑한 찻집에 들러 차도 한잔 마시는 여유를 즐겼다.

내려오면서는 통영중앙시장을 둘러보았다. 과일 가게 앞에서 열심히 장사를 하시는 모습에 30대 초반의 나를 떠올리며 '직업을, 진로를 바꾸지 않았으면 어땠을까?'하고 생각해봤다. 이순신 장군 동상 앞에서 사진도 찍고 활어시장도 둘러보았다.

다음 날 거제의 명소, 바람의 언덕으로 갔다. 거대한 풍차가 첫눈에 들어왔다. 날씨가 맑아서 하늘도 더없이 푸르렀다. 나는 탁 트인 바다와 멀리 보이는 산의 풍경에 매료되었다.

마지막으로 독일 마을도 둘러본 뒤 맛집에서 점심도 먹었다. 넷이서 한 여행보다 한 명이 더 있어서 행복도 두 배 재미도, 두 배가 되었으며 며느리와 함께 떠난 여행은 또 다른 의미로 다가왔다.

아들아! 어려운 환경에서도 밝고 건강하게 잘 성장해줘서, 사회의 한 구성원으로서 열심히 살아가줘서, 착한 며느리 보게 해줘서 고맙다.

예쁜 우리 공주님의 탄생

세월이 지나서 첫째 아들이 결혼한 지 2년 만에 첫딸(손녀)을 낳던 날, 아들만 키워온 나는 손녀딸이 태어나서 너무 기쁘고 좋았다. 딸은 키워보지 못했는데 손녀딸을 보니 너무 예쁘고 사랑스럽다. 시간이 허락이 되었다면 아마도 손녀딸을 키우면서 손녀딸의 재롱도 보고 싶고 그랬겠지만 일 때문에 못 봐주는 것이 항상 아쉬움으로 남아있다. 가끔 만날 때마다 옹알이 하는 모습도 너무 예쁘고 우는 모습도 예쁘다. 나 대신 손녀딸을 돌봐 주시는 사돈이 있어 마음이 놓인다. 2년 후 태어난 둘째 손녀까지 손녀 둘을 돌봐주시는 사돈에게 항상 진심으로 감사하게 생각한다. 사돈 덕분에 우리 아들, 며느리가 맘 편하게 직장을 다니며 열심히 살고 있다. 손녀 둘이서 다정하게 소꿉놀이, 인형놀이 하며 친구처럼 노는 모습이 대견하고 사랑스럽고 행동 하나 하나가 다 예쁘게 보이는 것 보면 나도 손녀바보인가 보다. 태은아! 예쁘고 건강한 손녀를 보게 해줘서 고맙다.

환갑을 맞이하여!

2022년은 임인년 생이 환갑이 되는 해이다.

내가 벌써 환갑이라니 믿기지 않지만 믿어야 한다. 시간을 도둑맞은 느낌이다. 새해가 되면 생일이 바로 따라온다. 추운 겨울에 태어나서일까? 난 겨울이 싫다. 아들이 환갑 선물로 무엇을 받고 싶은지 물었다. 처음에는 갖고 싶은 것이 없다고 하였는데 곰곰이 생각해 보니 몇 해 전에 친구와 같이 교동에 있는 주얼리 골목을 갔을 때 보았던 금시계가 생각 났다. 금값이 좀 내리면 같이 사자고 약속한 것이 생각나서 금시계를 갖고 싶다고 하여 환갑 선물로 금시계를 받았다. 또 다른 선물은 둘째 아들이 결혼을 하여 생긴 둘째 딸이었다. 첫째와는 다르게 둘째 아들의 결혼은 또 다른 느낌으로 내게 다가왔다. 둘째 아들은 일찍부터 직장을 따라 독립을 하고 있다가 결혼을 해서 그런지 첫째 아들 때와 다르게 섭섭한 마음보다 기쁨이 더 컸던 것 같다. 몇 년 사이 식구가 늘어서 8명이 되었다. 승용차 한 대로 여행을 떠날 수 있었던 것을 이제는 9인승 승합차를 빌려야 한다.

　나의 환갑 기념 여행을 가자고 날짜를 잡았는데 내가 시간이 나지 않았던 데다가 다들 직장 때문에 같이 시간을 내기가 쉽지 않아 내년에 전체 가족 여행을 가기로 하였다.

　내년에는 큰손녀가 초등학교에 입학을 하고 둘째 손녀도 여섯 살이 되고, 둘째 며느리까지 함께 떠나는 행복한 가족 여행을 꿈꾸며 오늘 하루를 마무리한다.

대학원 장거리 통학

SRT 타고 대구와 수서를 왕복하며 석사 과정을 마치고 현재 박사 과정까지, 수년째 대학원을 오가는 통학에 대한 사연도 다양하다.

대학원을 다니며 새벽 기차를 타고 등교를 하면서 많은 일들이 있다.

동대구에서 수서까지 SRT 차표를 예매를 하는데 직통편이 매진이 되어서 환승 표를 예매한 적이 있다. 동탄에 내려서 갈아타는 차였다. 동탄에서 수서 가는 기차를 타려면 10분 정도 여유가 있었는데 어떻게 타야 하는지 몰라서 꾸물거리다 철길 하나 건너서 수서행 기차가 들어온다는 방송이 나왔다. 원래 대합실을 돌아가서 타야 했지만 환승 기차는 처음으로 타보는 것이어서 급한 마음에 철길을 가로지르고 수서행 기차를 탔다. 지금 생각하면 아찔하다.

어느 날은 수업 날짜를 늦게 알아서 새벽차를 타야 됐는데 일주일 전에 예매를 하는데도 매진이었다. 하는 수 없이 대전까지만 예매하고 대전에서 입석을 타고 가면서 계속 기차표를 찾았다. 그러다가 동탄에서 예매가 가능하여 동탄에서 수서까지 좌석에 앉아 갔다.

코로나가 기승부리고 나서는 항상 기차표가 여유가 있어서 미리 예매를 하지 않고 당일 예매를 해서 다녔다. 아침에 예매를 하고 등교를 하여 오전 수업 마치고 점심시간에 내려가는 기차를 예매하려고 하니 내일까지 매진이라고 나왔다. 너무 당황스러워서 어떻게 해야 할지 막막했다. 택시를 대절해서 갈까? 요금이 얼마나 나올까? 대전까지 가면 표가 있으려나 등 별의별 생각이 들어서 수업에 집중이 되지 않았다.

원우들에게 얘기를 하니 터미널 가면 차가 있을 거라며 버스를 타라고 하였다. 하지만 지하철 타고 환승하여 터미널에 가도 버스가 자주 있는 것도 아니고 엄두가 나지 않아서 둘째 아들에게 "윤아! 차표가 매진이 되어서 집에 갈 수가 없다."라고 카톡을 보냈다. "엄마, 내가 갈게. 어디로 가면 돼."라고 답이 왔다. 대전에 오면 대전까지 택시 타고 간다고 하니 수서역으로 오겠다고 하였다. 어디서 오는지 물으니 김천서 출발한다고 한다. 대구보다는 김천이라고 하니 한결 마음이 가벼워진다. 아들과 시간 약속을 하고 나서야 수업에 집중할 수가 있었다. 수업을 마치고 아들을 만나 아들 차를 타고 오면서 '이런 것이 아들 키운 보람이구나!'라는 생각을 하며 행복함을 느꼈다.

말에도 색깔이 있다면 어떤 색깔일까?

우리는 살아가면서 수없이 많은 말들을 하고 산다. '나는 어떤 말을 가장 많이 할까?'라고 한번쯤 고민해본 적이 있는가? 이제부터는 한번쯤 고민해도 좋을 것 같다.

긍정적인 말, 부정적인 말, 사랑의 말, 행복의 말, 미움의 말, 원망의 말, 용서의 말, 후회의 말, 희망의 말, 칭찬의 말 등 수없이 많은 말이 있는데 나는 어떤 유형의 말을 많이 할까? 말로써 사람을 죽일 수도 살릴 수도 있다고 한다. 말을 하는 것보다 듣는 것이 어렵다고도 한다. 왜일까? 말하지 않고 침묵으로 들어주면 되는데 어렵다고 하니 이해가 되지 않는다. 사람은 누구나 자기가 듣고 싶은 말만 듣는다고 한다. 같은 자리에서 같은 말을 들어도 해석이 다 다르니 말이다. 우리 모두 한 번쯤은 이런 경험을 했을 것이다. 말을 색깔로 표현한다면, '사랑의 말, 행복의 말은 핑크색, 희망의 말은 흰색, 긍정적인 말은 갈색, 부정적이고 원망하는 말은 검은색이 아닐까?'라는 생각이 든다. "고마워!", "사랑해!", "행복해!"라는 말을 많이 하고 살았으면 좋겠다.

성공된 노후를 위한 여가 활동

나는 여가 활동으로 퓨전 장구, 난타, 풍물, 사물놀이를 하고 있다.

스트레스 해소와 손 근육 운동도 되고 악보를 외워야 하고 양손을 사용하기 때문에 치매 예방도 된다. 풍물놀이 중 지신밟기는 조상들로부터 전해오는 풍습으로 매년 정월 대보름에 한다. 지금도 경북, 대구 지방에서는 지신밟기를 종종 하는 곳이 있다. 매년 해오던 행사를 코로나 19로 인하여 3년째 못 하고 있다가 올해부터 하는 곳도 생겼지만 아직은 조심스럽다.

장구는 파워풀한 리듬과 아름다운 퍼포먼스를 통해 흥이 있고 휴대 가능한 타악기이다. 퓨전 장구를 배운 지 벌써 3년째가 되었다. 학원에서 여러 번 행사의 기회가 있었지만 시간이 허락하지 않아서 참여를 하지 못하였다. 지금은 장구를 배우면서 스트레스도 풀고 공연도 다니고 있어도 좀 더 나이가 들어 공연을 못 하게 되면 장구 하나 들고 복지관 경로당에 가서 즐겁게 보내기 위해 준비하고 있다.

나의 놀이터 농막에서의 여유를 즐기는 여가 시간도 행복하다. 어느 여름날 농막 테라스에 앉아 시원한 아이스커피를 마시고 있는데 갑자기 여우비가 내리더니 비가 그치고 무지개가 나타났다. 나는 무지개를 보며 문득 이런 생각을 했다. 내 인생에서 저 무지개처럼 아름답다고, 행복하다고 생각했던 적이 있었을까? 그리고 행복했던 나를 돌아보았다.

내가 처음으로 엄마가 되었을 때. 내가 대입검정고시 합격을 했을 때. 국내외 여행을 갔을 때. 친구와 같이 맛집에서 식사를 할 때. 분위기 있는 카페에서 차 마시며 수다 떨고 있을 때. 내가 다른 사람에게 도움이 되었을 때. 내가 만든 음식을 다른 사람이 맛있게 먹어 줄 때. 생각해 보니 소소한 행복이 많았는데 느끼지 못했던 같다.

지금은 행복을 찾으려 애쓰지 않아도 작은 것에도 행복이 느껴지는 것은 나이 듦에 익어가는 평안한 정서와 안녕감 때문인 것 같다.

이제 고개 숙여 익어가는 만큼 좀 더 성숙한 어른으로 건강하고 멋지게 나이 들어가야겠다.

노인 빈곤과 노인일자리

우리나라가 유엔의 OECD 국가 중 노인 빈곤율 1위라는 불명예를 안고 있다 보니 요즘 심심찮게 언론에 보도되는 것이 '노인 빈곤율'에 관한 것이다. 이는 빈곤 노인층의 문제가 심각하다는 방증이기도 하다. 노인 빈곤율이란 65세 이상 가구 중 소득이 중위 가구 소득의 절반에 못 미치는 가구의 비율을 뜻한다. 우리나라의 노인 인구 증가 속도가 경제협력개발기구(OECD) 회원국 가운데 가장 빠른 것으로 나타났다.[1]

2048년에는 OECD 국가 중 가장 고령 국가가 될 것이란 전망이다. 게다가 노인 빈곤율도 OECD 회원국 중 가장 높아 대책 마련이 시급하다는 지적이다. 현재 우리나라의 고령 인구 비율은 15.7%로 OECD 37개국 중 29위다. 하지만 지금 추세라면 20년 후인 2041년에는 33.4%로 인구 셋 중 한

---

1 MZ세대는 1980~1994년 사이에 태어난 '밀레니얼 세대'와

명은 노인이 된다. 2048년에는 65세 이상 노인이 전체 인구의 37.4%를 차지해 OECD 국가 중 가장 나이 든 나라가 될 것이다.

2021년 기준으로 OECD의 국가별 노인 빈곤율 현황을 보면, 우리나라의 노인 빈곤율은 45.1%로 가장 높았다. OECD 30개 국가 평균 노인 빈곤율이 13.5%인데 우리나라는 3배가량 높은 셈이다. 2021년 독거노인은 166만 명에 이른다. 전체 노인 인구 중 독거노인이 차지하는 비율은 2000년 16.0%에서 2022년 19.5%로 점차 증가하고 있다. 그런데 독거노인의 빈곤율은 76.6%에 달해 혼자 사는 노인은 거의 대부분 빈곤층에 해당한다고 할 수 있다. 실제로 노인 자살 이유 중 1위가 빈곤으로 인한 생활고이며, 노인의 34.7%만이 본인 스스로 생활비를 부담하고 있다고 한다.[2]

그러므로 노인 빈곤 문제는 많은 노인 문제 중 가장 큰 문제라고 할 수 있겠다.

내가 생각한 해결책 중 하나는 노인들을 옛날이야기를 구수하게 할 수 있는 재담가, 만담가로 양성하는 것이다.

노인들은 우리나라의 산 역사이고 증인들이다. 이 증인들

----

2 정경희 외(2012), 2011년도 노인실태조사, 보건복지부·한국보건사회연구원

이 사라지면 우리는 과거와 단절하게 된다. 말씀을 잘 하시고, 지혜와 경험이 풍부하신 노인들을 발굴하여 유치원, 초등학교, 중학교, 고등학교에 '할머니, 할아버지가 들려주는 옛날이야기' 같은 프로그램을 만들고, 노인들이 강사로 제2의 인생을 살도록 했으면 하는 바람이다.

"옛날 옛날에~"로 시작하는 이야기들을 재담가 어르신들이 재미있게 학교에서 학생들에게 들려주게 하며. 노인들 역시 젊은 세대와 함께할 수 있는 교양 수업을 통해 청년 세대와도 화합한다면 노인들에게 자긍심도 주고 소득도 창출함으로써 빈곤 문제도 해결할 수 있을 것이다.

건강한 노년

내가 재가 노인 장기 요양 사업을 하다 보니 노인 관련 주제가 가장 높은 키워드로 떠올려진다. 요즘은 '초고령화'란 단어가 익숙해질 만큼 많은 언론과 방송에서 노인 관련 내용을 다루고 있지만, 정작 2025년 도래되는 초고령화 추세가 장차 사회에 끼칠 영향력과 이에 대비한 대응책에 관해서는 입을 열지 못하고 있다.

강력한 태풍처럼 다가오는 '초고령화 시대'에 직면한 우리는 아직 이렇다 할 대책 수립은 물론, 연구나 구상조차도 변변히 마련되지 않은 상태이기 때문에 어찌 보면 너무도 당연한 현상인 것 같다.

그래서인지, 노인이란 호칭 속에서 느끼는 사회적 감성도 '늙고 퇴화되는 과정에 놓인 무기력한 사람' 내지는 '기력을 잃고 죽음을 눈앞에 둔 노쇠한 병자' 정도를 연상하는 데 그치고 있는 것 같다. 나이가 들어 늙어도 생활비가 필요하다.

기력이 쇠해지면서 질병도 잘 걸리고, 이로 인하여 요양비에 대한 걱정과 부담도 크다. 아주 오래전 보험회사마다 연금 보험 판매를 위하여 고객들에게 "늙어서 돈 없으면 서럽다"라고 부르짖으며 연금 보험 상품을 꼭 들어야 한다고 강조했었다.

그러나 막상 고령화 시대에 직면하고 보니 경제적 생활고도 문제지만, 노인들을 단순히 '일손 놓고 늙고 병들고 죽음만 기다리면서 막연하게 나이 들어가며 시간을 보내는 사람들로 방치해서는 안 된다!'는 새로운 시대적 요구가 생겨났다는 것이 문제다.

언론마다 '인생 2모작'이라는 말을 자주 언급하고 있다.

은퇴 이후의 삶을 다시 설계하여 우리 사회의 일원으로 흡수하기 위한 노력을 기울여야 한다. 고령 인구들도 사회 활동은 물론, 경제 활동에도 적극적으로 참여하게 해야 한다.

고령 인구들의 직업론을 말하면, 일각에서는 젊은 세대들의 실업률 해소가 노인 일자리 창출보다 먼저라고 말한다.

나이 60대는 이제는 청년이나 다름없다.

건강한 노년을 맞이하기 위한 노력이 국가와 지방 정부의 홍보와 시스템으로 일반 대중화되어 노년 누구나 여가를 즐기고 많이 웃을 수 있는 건강한 노년을 맞이할 수 있도록 사회적 지지가 필요하다.

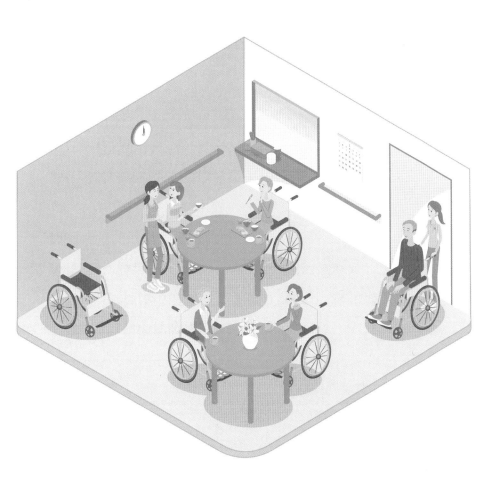

박은영

출생

1962년 서울

학력 및 수료

대입검정고시

한국방송통신대학 문화교양학과 졸업

경력

한국 양재협회 4회 디자이너 콘테스트 입상

프랑스 패션 스쿨 (ESMOD PARIS)입학 경시 입상

미국 FRT 전문 패션대학 추천 획득

가을을 닮은 이 나이에 뒤돌아보니 큰 구름
작은 구름과 같은 사연이 조금씩 삶을
익게 한 나이가 되어 새삼 어떤 말이
친구들 서로에게 공감을 가지고
이야길 풀어갈까 근심되는 마음으로
시간을 모은 나의 글을 옮겨봅니다.

친구와 함께(가을 여행)

우리의 정다운 친구가 있는 남쪽 나라 땅끝 마을로 삼백 킬로가 넘는 거리를 새벽부터 달리건만, 선이 얘기가 웃음을 짓게 하고 은숙이도 말을 더하니 여자들의 수다의 장이 열렸다. 발음이 정확지 못한 나도 그 말투 때문에 일어났던 이야기를 보태니 까르르 배꼽을 찾는다. 아~ 행복하다! 옥숙이 얼굴에도 꽃이 피고 운상이의 미소 지은 얼굴이 즐거움을 부른다.

친구들이 있기에 이리 좋은데 무엇이 부족할까. 휴게소에서 먹는 우동 하나에 젓가락이 세 개 ㅋㅋ 같이 먹으니 더욱 맛있어. 이것저것 싸 온 음식 때문에 배는 부르지만, 휴게소에서 먹는 우동 맛도 느껴봐야 하니 같이 먹어보고 야하~ 재미있다. 어릴 적 사방치기처럼 같이 하는 우리가 넘 좋아 서로 웃고 또 웃고 달리고 달려 상기 친구가 있는 곳에 도착. 시크한 모습으로 휘 던지는 말이 작년에 왔던 추억 때문인지 마냥 좋기만 하다. 친구와 반가움을 교환하고서 우리가 머물 숙소에 짐을 대충 던져놓고는 친구에게 전에 먹었던 시원하고 감칠맛이 나는 물회를 먹으러 가자고 졸라서 잊지 못할 그 집으로 고고~ 친한 친구들과 이렇게 맛있는 걸 먹으니 맛이 배가 되고 새콤함이 사르르 신선한 횟감에 소스가 일품, 국수를 넣고 비빔으로 먹자니 부러울 게 없구나! 구수한 지리에 밥도 한 사발 넉넉한 인심으로 배가 부르고 야하~ 상기 친구가 멋져 보인다! 맛있는 걸 먹게 해주니, 히히~

배도 부르고 이제는 감 따는 체험을 하기 위해 산비탈 과수원으로 고고싱~ 주홍빛 감이 주렁주렁 손을 흔들며 반기고 친구들 얼굴도 주홍빛으로 상기되어 이쁘다. 과수원 형님이 주신 아랫부분에 지퍼가 있는 앞치마와 집게를 배당 받고 꼭지 따는 방법도 배워 감도 따고, 홍시도 먹고, 딴 감을 앞치마에 담아 나르니 힘든 것보다 게임처럼 재미있네! 감을 따긴 했는데 아래로 내리는 것이 문제로다! 지게를 짊어본 사람이라야 짊어질 수 있기에 상기 친구 혼자 나르게 하는 게 미안하여서 한 박스를 나르는데 아이고~ 허리도 아프고 팔이 빠질 거 같이 아프니, 너무 힘이 들어 하나 옮기고 기권! "히야~ 남자는 남자네." 크~ 친구들에게 주고 싶어 하는 마음이 커서 그런지 세 박스를 한 번에 굳건하게 짊어지고 나르는 상기 친구 파이팅!

가을 같은 우리는 하나씩 하자가 생긴 몸이라 한 명은 어깨 수술, 또 한 명은 손목 수술, 발목 삐끗 에이고~ 젊었을 때와 다름이 느껴지누나. 더 늙기 전에 더 움직이고, 즐기고, 추억을 많이 쌓아야 후회 없으리라! 그러기에 오늘 친구들과 이러한 추억을 같이 걷고 있다네. 메말라 떨어지는 황망한 순간의 나뭇잎처럼 추위에 몸을 떨던 나이라도 따스한 친구들의 미소로 생기를 찾아 봄꽃보다도 영롱한 빛깔로 물들인 가을. 명도는 낮지만, 채도는 높은 가을 같은 우리. 빛나지는 않지만 눈부신 너와 나, 바로 벗이라네.

친구와 함께 (봄 여행)

여행 첫날

지난해 감동을 주었던 추억이 머무른 그곳으로 달리는 동안 밤을 지새우고 더위를 쫓을 수 있도록 시원한 묵사발과 샌드위치도 만들어 친구들과 맛있게 먹을 생각에 마음은 광양을 향하여 간다.

새벽 공기도 시원하게 인사하고 밝은 하늘이 반기는 아침, 우리는 달리고 있다. 행복한 여행지로 출발하는 고속도로 초입부터 막혀서 차 엉덩이의 나이트는 빨간빛으로 물들어가지만, 좋은 친구가 있고 친구가 기다리고 있어 그저 좋기만 하구나.

달리는 차를 노련한 조련사처럼 더욱 힘차게 달리게 하여 살짝 지난 아침에 도착하게 만든 옥숙 친구. 와~ 장군의 기

백이 울고 갈 거 같구나!

복숭아와 매실을 따러 정겨운 마을 길을 따라 상기 친구가 짓궃게 웃던 그 고향, 그 집, 추억이 담긴 곳에 우리는 도착.

산길 따라 올라간 매실 밭엔, 너무 늦었네요, 나무엔 매실이 없어요 미안해하는 나무들.
땅에 노랗게 변한 매실이 내년에 오세요. 그럼 예쁘게 맞이할께요 라고 하는 듯하구나. 아쉽지만, 우리를 위로해 줄 복숭아가 남아 있지롱~

위아래 여기저기 달린 작은 복숭아를 따고 또 따고 날카로운 죽은 가지를 헤치며 따서 바구니 가득 담고 재미있어하는 친구들의 얼굴은 웃음이 가득.
열심히 수확하고 땀을 식힐 만한 물회를 먹으러 고~

작년에 먹고 홀딱 반해 버린 바로 그 물회 집. 현지인만 아는 이 집의 살얼음으로 된 특별한 소스에 구수한 지리와 밥. 물회에 국수를 넣어 비벼 먹으니 천상의 맛으로 더위는 사라지고 온몸이 으스스~ 넘 시원해서 집라인을 타러 고~

몇 년 전에 바이킹을 타고 내장이 몸 밖으로 뿔뿔이 흩어지는 거 같이 끔찍했던 기억이 다시금 재연될 거 같은데, 친구들이 괜찮다고 타보라고 하여 용기를 내어 집라인을 타보려 하지만 떨리는 가슴은 계속되고

두려움에 왜 저들은 나의 고통을 모르나 으흑~~ 원망스러운 마음에 속으로 한탄하면서 나만 버스에 남아 그냥 도로 내려갈까, 아~ 어쩌나! 너무 무섭고 괴롭다, 친구들과 같이 동감하고 같이 즐거워해야 하는데 도망가고 싶어~ 흐그~

내 순서 넘 무서워! 가냘픈 옥숙이 먼저 태우게 하고 좀 뒤로… 으으 내 차례 저~ 끙응~ 그냥 안 탈래요 소리를 내어 보지만 이미 때는 늦고 철커덕 출발이요, 으악~~ 살짝 눈물이… 가슴 턱하고 내려앉으려 하는 순간

공포에서 짜릿함으로, 정글 위를 날듯 새로운 세상에 뾰족한 나무 끝이 포근하게 펼쳐지고 싱그럽게 와닿는 바람결은 공중을 나는 신비를 더해 준다.

급한 속도는 긴장감을 주더니 완경사에 이른 여유는 땅에 있는 것과 하늘에 놓인 구름을 보게 했다.

나무가 갈라지듯이 뚝 떨어지는 두려움은 사라지고 푸른 신선함이 행복을 부른다.

친구들의 설득과 용기로 새로운 즐거움을 겪었던 오늘은 또 하나의 새로운 경험이 되어 친구들에게 고마움을 느낀다.
좋은 친구가 있기에 오늘을 추억으로 채울 수 있을 것이다. 상기된 기분을 진정시켜 가면서 식당으로 고~

밥상 가득히 차려진 반찬과 국물이 끝내주는 시원한 재첩국. 아~ 남도의 맛 행복을 부르는 이 맛. 아~ 정신없이 맛있구나.
즐거운 식사를 끝내고 배알도의 기하학적으로 만들어진 다리를 시원한 바람을 맞이하면서 걸으니 자연도 친구 되고, 이발한 친구의 머리카락처럼 깎인 바위 옆으로 짧은 잔도가 있어 운치를 더하는 작은 섬의 둘레길. 한결 돋보이게 만들어진 길 걷는 기분은 피로감은 사라지고 에너지가 솟아나 천 년 묵은 산삼을 먹은 듯 힘이 불끈.

상승된 기분은 노래와 술로 더 뜨겁게 달구고 이 밤이 타도록 너와 나 친구들이 행복하여 저절로 춤추게 하고 소리 높여 노래를 부르게 하는 오늘. 크아~~좋다.

제부도

　드디어 바다가 열리고 섬으로 인도하는 길이 생기니 탄성이 커진다.

　울룩불룩한 돌이 양쪽 가드 되어 도로가 된 길 따라 펼쳐진 자연 속 생명의 숨소리 철퍽하고 발 디디면 깜짝 놀랄 갯벌 흙에 몸을 숨긴 작은 아씨 저 멀리 보이던 섬이 가까워지고 인류의 손길로 만든 건물은 고객을 맞이해 단장하여 유혹하고 바다는 자연이 빚어낸 매바위로 장식되어 제부도 성이 되었네. 사연을 담은 전설이 있으련만 듣지 못하고 비와 바람이 추위를 불러와 희롱하지만 마음은 벌써 반하여 다시 찾을 기약을 한다네.

　내 마음을 담은 숨소리를 들었는지 바다 향이 오란다.

　아쉬움을 뒤로하고 다시 볼 그날 천천히 느껴보리라 제부도를.

지금은 아파

심장에 바늘 하나가 꽂히듯이
따가움이 온몸에 아픔으로 저려온다

친구의 딸이 몹시 아프다는 소식에

같은 자식을 가졌기에 느끼는 아픔이지만
현실인 부모는 온몸이 흩어지는 고통을 안고 있겠지

그렇게 예쁜 딸인데 자랑스러운 아이인데

하늘의 신이여 땅 위의 신이여 보이지 않는
신이여 기적을 주소서 친구의 딸에게

나의 눈물이 신의 자비를 구할 수 있다면

그릇에 담아 드리리라

온전하게 하루를 바쳐 아픈 이를 기억하진 못하지만 친구
가 느낄 괴로움은

엄마이기에 어둡고 무서운 그 길을 같이 걸어가는 마음뿐
이네

님

한여름 땡볕처럼
강렬함은 아니고

겨울을 헤치고
찾아온 봄날처럼

부드럽게 내리는
햇살 같은 포근한 님

예쁘게 피어오를
꽃으로 추억을 쓰고

향기는 담아 이불을
만들어 그대와 함께

한 춤

부드러운 작은 바람처럼
어깨와 팔이 물결치고

흐르는 음률 따라
손끝 미학이 펼쳐지니

자연스레
불편함이 없구나

마디마다 흥겨움 배어
세월을 희롱하듯

시름은 사라지고
가슴 안 밀려드는 환희는
무겁던 뇌마저 가벼운
갈대 잎이 되어간다

나에게

당신을 보았을 때
꽃이 되고

당신이 그리워질 때
이슬이 피었네

당신이 웃어 주었을 때
따스한 생기 가득

당신의 스침은
향기를 만들고

당신의 속삭임은
가슴에 불꽃으로

인 연

드넓은 들판에 아지랑이 피어올라

세상 빛 숨어든 아낙에게 작은 소녀가 들어와

아삭한 울렁임을 알리네

낯선 향내가 가볍게 감싸며 호기심을 주지만

보여지는 장미보다 들꽃 되어 멀리 보게 하리니

마음 편하고 눈은 열리리라

심 정

입으로 팔아넘긴 발자취
서글프게 바라보는 가슴이여

영혼도 육신도 점점 점이 되어
사라지고 흔적도 없이

머물러 있던 이유도 있었고
사명도 있으련만

배 경

평온한 강 따라
수줍게 붉어진 꽃잎

임 그리워
봄 따라왔건만

흘러가는 인연이여

절절한 그리움은
외로운 날개를 달고
아련함만 푸른 숲으로

양파

스치는 세월은 아랑곳없는데
기나긴 한숨은 땅을 치며 서러워하네

갈팡질팡 허우적대는 인생은
가을바람에 먼지가 되어
소리 없이 사라져 버리면
내 임 서러워할까

눈물 콧물 뒤섞어 하루는 가지만
오늘도 들리지 않는 내 임의 목소리

하늘이 열리는 그날에 불타던 청춘을
아낌없이 바치고 이제 안락을 찾으리

청춘은 임에게 있고 나에겐 그리움만 있네

오늘도 내일도 기다리는 마음은
태산 되어 응어리가 되어도

기다린 세월에 붉은 꽃잎을 뿌려 보리라

세 월

얇은 가지에
늙은 아낙이 찾아왔네

산기슭에 찾아드는
차가운 바람 때문인가

가슴은 내려앉아도
마지막을 꽃피듯

붉게 물들어
내 슬픔을 알리리

만물은 내 안에서
소생되었는데

부질없음은
생에서 일깨우고

계곡으로 모여든
설움은 오늘도 흐른다.

꿈

사랑하는 꿈을 꾸렵니다
두려움보다는 따스함으로

새들 지저귀듯 생명을
느끼게 해 주는 사람과

메마른 풀잎처럼
생기는 사라져 가지만

그래도
사랑하는 꿈을 꾸렵니다

마지막
남아있는 생명력을 찾아

부스럭
소리로 요란스러워도

안간힘을
써서라도 나는 꿈을 꾸렵니다

숨 결

황토색이 유난히 푸른 하늘과
조화를 이루며

그 옛날로 돌아가 있는 듯하게
착각을 불어넣을 만큼
보색이 눈이 부시게 합니다

화순옹주의 죽음으로
열녀문이 열렸으나

그녀의 시름이 시간의 선율 따라
내 가슴을 적셔 듭니다…

고귀하게 눈서리를 맞으며
피었던 매화의 시린 작은 잎은

남편을 그리는 맘처럼
베이는 아픔을 지닌 채

세월 위에 놓아두었으니
한국 여인들의 지표가 되었나 봅니다

지 금

　당신의 얼굴을 보니 가슴이 다시 뛰지만
난 당신에게 말을 걸 수가 없네요

　당신 곁을 떠날 때 너무나 슬프고 괴로웠던 날 생각하니
가슴이 아플 뿐입니다

　내 생애에 처음으로 사랑한다고 말한 유일한 사람이기에
아직도 아픈 마음은 여전하니까요

　언제나 당신 곁에 항상 있었지요
당신은 몰라도 됩니다

　나에겐 자식이란 보석을 지키기 위하여 떠나야 했지만,

당신의 얼굴을 보고 싶은 마음은 언제나 같아요

세월이 흘러도

죽음

통과하는 문이 아니었습니다.

지붕 위엔 어여쁜 꽃으로 장식되어있고 온갖 새와 꽃으로 장식된 그 끝에는 우뚝 서 있는 장승만 있었고 고요함이 무게로 느끼게 합니다.

활짝 핀 꽃도 있었지만, 그 가운데 시들어 형태만 약간 보이는 꽃도 있었습니다.

누굴 위한 길이었는지 모르지만, 무척 아름답고 보기에 좋았습니다.

세상을 떠날 때 그 길을 걸어갈 것 같은 분위기가 서늘함을 느끼게 하지만 푸근함도 있는 이상한 기분의 길이었습니다.

정든 벗과 헤어져야 하는 슬픔 때문인지 저려 오는 가슴이 주체할 수 없이 아파져 옵니다.

　짧은 시간에 할 수 있는 일이 얼마나 될지 모르겠지만 벗
과 사랑하는 사람에게 추억이 되고픈 마음으로 그들에게 노
크합니다.

　꽃봉오리에서 활짝 핀 꽃으로 있을 때 아름다운 추억을 만
들고 시들어 갈 때 그들에게 추억이 되어 마음의 액자로 남
기만을 원하지만, 서로 다른 마음을 가졌기에 다가서기가 힘
만 듭니다.
　끝없이 펼쳐질 것 같은 시간은 지나가고 이제는 끝자락에
남아버린 것을, 다시는 돌아오지 못할 시간이지만 남아있는
시간만은 추억이 되길 원하면서 남은 시간은 벗과 사랑하는
사람에게 이슬이 되어 적셔봅니다.

모질이[1]

　불쌍한 사람을 보면 자신의 것을 아낌없이 퍼주며 친구를 너무 좋아하는 사람이 살았는데 그러다 보니 그를 좋아하는 사람들이 많았습니다.

　주변 사람들이 자신을 좋아해 주는 걸 행복하게 여겼기에 그는 최선을 다하여 좋은 것만 골라서 친구들에게 주었습니다. 그렇게 힘을 다해 봉사하는 그의 친구는 두 분류로 나누어지기 시작했건만 본인은 모르고 불쌍하고 힘든 친구에게 소홀하지 않게 최선을 다해 도움을 주었지요.

　어느 날 그는 친구들이 사고로 누워있는 모습을 보고 달려갔습니다. 누굴 먼저 구해야 할지 몰라 망설이고 있을 때 한 친구가 먼저 많이 아프다고 소리를 지르며 그에게 살려 달라 애원했습니다.

　그는 두 친구의 상태를 살펴보진 않고 자신을 살려 달라는 친구를 먼저 구해냈으나 다른 친구는 숨을 거두고 말았답니

---

1 사투리로 '바보'를 뜻한다

다. 때늦게 알게 된 그 친구의 상태는 내장 파열에 골절 상태였고 구해낸 친구는 타박상에 불과한 상처였는데 자신의 아픔을 더 크게 호소하여 다른 친구를 숨지게 하고 말았죠.

죽은 친구는 평소에 말없이 그 사람 뒤에서 응원하며 받은 것 이상을 주고 싶어 했던 친구였고 구했다고 생각한 친구는 작은 아픔을 크게 표현하는 친구였습니다.

죽은 친구는 그가 걱정을 할까 싶어 아픔을 감추기 일쑤였습니다. 자신의 것을 다 내어주는 친구의 마음을 알기에 아픔을 말하지 않았습니다. 반대로 그를 이용하려는 마음이 큰 친구는 언제나 불쌍한 일을 만들고 힘든 일도 만들어 내어 그에게 모든 것을 받아 내었습니다.

시간이 흘러감에 따라 그의 환경은 빈곤해지고 있었습니다. 모든 걸 아는 죽은 친구는 주기만 하는 친구를 위해 조언을 해 주었지만 아픔을 호소하는 친구가 항상 먼저였습니다.

늙고 세월이 흐르니 그에게 남아 있는 것이 별로 없었지만, 불쌍한 척한 친구도 정말 불쌍한 신세가 되고 말았죠.

욕심 많고 자신의 아픔이 먼저였던 친구는 다들 외면했기 때문이었지요. 그는 어리석은 동정심으로 욕심 많은 친구에게 이용당하고 진실한 친구는 죽음에서 구해내지 못한 모질이었습니다.

소 망

    나는 너의 눈에 가장 빛나고 아름다운 꽃처럼 보이고 싶은 마음에 단장한다.

    누구보다도 너에게 멋지고 환상적인 모습이고 싶고 귀여운 여인이고 싶다. 사랑하지 않으면 안 될 그런 여인. 하지만

    언젠가 새롭게 너의 마음을 스며드는 여인이 생기면 떠날 수 있는데, 하는 마음이 들 때면 온몸으로 차가운 얼음과 같은 냉기가 혈관을 타고 흐르는 기분은 날 서글프게 만들고 만다.

    아니야!

    지금, 이 순간만이라도 날 사랑한다면 그것으로 만족을 해야 해! 하지만 이럴수록 더 서글픈 생각으로 꼬리를 만든다.

    우리 집에 아리가 살았답니다.

    아리는 노랑 병아리일 때 천 원을 주고 사 온 아이였지요.

    금방 죽으면 어쩌지! 하던 생각에 애처로운 마음으로 보살

펴 주었더니 건강하게 무럭무럭 잘 자라 주었지요.

자신을 사랑해 주는 걸 알아서인지 외출 갔다 돌아오면 어디에 있다가 나타나서 내 곁에 와 안아 달라고 애교를 떨곤 하는 아리는 하얗고 귀여운 아이였지요.

아리 곁에서 항상 지켜주는 진돗개인 덕구가 보호자 역할을 톡톡히 하였는데, 어느 날 옆집의 커다란 똥개가 아리를 공격했답니다. 아리의 보호자 역할을 하던 덕구가 필사적으로 싸웠지만, 덩치가 두 배가 넘는 그 똥개와 전투를 벌여 간신히 구했지만, 한쪽 다리를 다 뜯어 먹히고 만 것을 때늦게 발견하여 수습하였지만, 온몸에는 열이 나면서 신음을 하는데 어떻게 해 줄 수가 없었지요.

한쪽 다리와 가슴 쪽 일부분을 그 똥개가 먹어 치웠기에 살릴 수도 없었고 그렇다고 죽일 수도 없어서 고통스러워하는 아리를 보면서 괴로운 시간을 보내다 다섯 시간 만에 아리는 떠나고 말았답니다.

안 보이다가도 아리야! 하면 나타나 애교를 부리던 아리를 생각하면 지금도 그리워집니다. 누가 닭대가리라고 했을까요!

얼마나 귀엽고 영리한지 모른답니다.

사람과 똑같은 감정을 가지고 사랑해 주는 것도 알고 고통과 아픔도 사람과 같다는 것을 알게 된 계기가 되었던 아리와의 추억이었습니다.

오서진

출생
1962년 충북 음성

학력 및 수료
검정고시 대입 합격
세종사이버대학교 사회복지학 학사 (전공:노인복지)
세종대학교 정책대학원 사회복지학 석사 (전공:노인복지)
국립 강릉원주대학교 일반대학원 관광학 박사 (전공: 여가복지)
국립 한국방송통신대학교 관광학 학사
서울대학교 행정대학원 국가정책과정 93기 수료
한양대학교 경영대학원 G-CEO 과정 16기 수료

경력
현, (사)대한민국가족지킴이 이사장
현, 국민여가운동본부 이사장
현, 오산대학교 사회복지상담과 겸임교수
현, 한국여가복지경영학회 발행인
현, 한국노년교육학회 이사
현, 한국상담학회 정회원

현, 충북 음성군 평생교육협의회 위원
현, 경기도 장애인 생산품 판매시설 운영위원
현, 경기도 오산시 지역사회보장협의체 실무협의체 위원
현, 전국검정고시 총동문회 이사
현, 서울시 관광 홍보대사
현, 법무부 교정위원
현, 서울대학교 총동문회 이사
서울구치소 교정협의회 교육분과위원장 역임(2018~2022)
세종사이버대학교 제3대 총동문회장 역임 (2016~2018)
세종사이버대학교 제1대~2대 사회복지 동문회장 역임 (2009~2011)
인천검찰 부천지원 법무부 범죄예방위원 (2011~2014)

수상

여성가족부 장관 표창
충청북도 도지사 표창
충청북도 음성군수 표창
경기도 안양시장 표창
경기 부천시장 표창
서울특별시장 표창
서울대학교 행정대학원장 최우수상

학술논문 연구 실적

1. 여가 동반자 유형에 따른 청소년의 여가 만족도
   – 3차년간의 한국 청소년패널조사를 이용하여 –
2. 가족상담의 요구와 자연치유적 가족치료 프로그램에 관한 연구
3. 가족, 부모의 사회적 지지와 다문화수용성의 관계에서 자아존
   중감의 매개효과
   – 다문화 청소년 패널조사(8차)를 중심으로 –
4. 장애인의 외부 여가활동을 위한 제도 개선에 관한 연구
5. 베이비부머의 여가동기, 여가만족도, 행동의도에 관한 영향관계
   – 사회적 배제의 조절효과를 중심으로 –
6. 노인의 사회적 지지가 우울에 미치는 영향
   – 여가활동 만족의 조절효과를 중심으로 –
7. 노인대학 참여 동기와 평생교육만족도 관계에서 공동체 의식
   매개효과 연구
8. 노인의 평생교육 및 취미오락 프로그램 참여가 삶의 만족에
   미치는 영향 : 봉사활동의 조절효과를 중심으로
9. 노인의 교육 수준이 건강과 여가동기에 미치는 영향
10. 노인의 여가, 건강, 삶의 만족도 간의 관계에 관한 연구
11. 유아교사의 소진 영향요인에 관한 국내 실증연구 동향의 질적
    내용분석 – 매개효과 연구를 중심으로 –

저서

교재: 건강가정복지론(2013),
비영리조직 운영관리론(공저,2022)
에세이집: 툭툭 털고 삽시다(2013), 손가락수다(2014)
밝은 사회로 함께 가는 길(공저, 2014),
행복의 여울목에서(공저,2015),
우리는 다시 태어난 BMZ세대(공저, 2022)

신노년 세대

   2022년 9월을 기준으로 우리나라의 주민등록 총인구수는 51,466,658명이며, 이 중 65세 이상 노인 인구는 914만 6396명이다.[1]

   우리나라 노인 인구는 지난 4월 처음으로 900만 명을 돌파한 이후 매달 3만~4만 명씩 늘고 있는 추세이고, 2024년에 노인인구는 1000만 명을 넘을 것이며, 상당히 빠른 속도로 고령 인구 비율이 증가하고 있고, 2025년에는 한국의 노인 인구의 비율이 전체 인구의 20%를 넘어서서 초고령 사회에 진입할 것[2]으로 예상하고 있다.

   특히 6.25 전후 세대인 1955년부터 1963년 사이에 출생한 약 750만 명의 베이비부머(baby boomer) 세대 중 2020년부터 10년간 지속적으로 노년기에 접어든 베이비부머들은

---

1 행정안전부, 2022.

2 통계청, 2021.

신노년이라고 불리며 기존의 노인과는 다른 형태를 보여주고 있다.

2023년 회갑을 맞이하는 1963년생들이 1차 베이비붐 세대의 마지막 연령층이다.

신노년이란, 전통적 노인과 다르게 개방적이고 도전적이며, 자기표현이 강하고, 사회참여도가 높고, 생산 가능한 소득과 소비가 존재하는 젊은 노년(베이비붐) 세대를 지칭하는 신조어로서 윗세대 및 청년 세대와 문화를 공유할 수 있는 혼합 세대이다.

베이비부머 세대(1955년~1963년)는 핵가족화로 가족의 규모가 감소하고 자녀와 공동생활을 하지 않는 등 가족 문화의 변화가 나타난 세대이다. 또한 전통적인 노인들과 다르게 교육 수준이 급격히 증가하여 고학력자들이 많아졌으며, 이러한 교육 수준의 향상으로 가치관의 변화와 삶의 질이 향상되는 풍요로운 문화와 소비가 증가되었다.

또한 기존 노년 세대와 달리 여가 활동과 사회 활동에 적극적이며 여행, 외식, 취미 활동 등 다양한 생산과 소비 계층이기도 하다.

신노년에 접어든 우리 세대는 경제 활동과 성공한 노후에 대한 관심을 바탕으로 청년 세대와도 협치할 수 있을 만큼 정보를 습득하고 지혜를 겸비하여 차세대와 융합하며 살아 갈 능력을 갖춰 나가는 데 노력하고 있다.

우리는 기존 노년 세대와 달리 메타버스 플랫폼의 현실에 살고 있는 MZ세대의 사고와 문화에 근접한 신노년 세대로 서 창조적으로 살아가야 한다.

우리의 삶을 디지털 공간에 복제하여야 한다. 플랫폼에 하나하나의 인생을 저장해 놓아야 하는 것이다. 동시간대에 살고 있지만, 각자 다른 문화를 살아가는 현대 사회에서 우리는 지혜롭고 창의적이어야 하며, 최상의 환경에 적응해야 한다.

 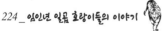

초대받지 않은 탄생

　나는 강의 시간마다 내 나이가 100세가 넘었다고 말한다. 그것은 구한말 세대인 할머니와 아버지 세대의 정신과 문화가 답습되어 내 삶에 녹아있기 때문이다. 그 세대의 감성을 직·간접적으로 경험한 내 정신세계는 120년 전부터 현재까지 망라한다. 구한말 왕조 시대, 일제 강점기, 광복, 6·25 전쟁, 5·18민주화운동 등의 영향력이 내게 전수되어, 내 감성의 나이는 100세가 넘은 것 같다.

　나의 유년기를 떠올리면 할머니에 대한 공포와 두려움부터 떠오른다. 구한말 1890년 후반에 태어난 할머니는 늘 단정한 한복에 단아한 비녀를 꽂아 머리를 쪽 지으신 멋쟁이셨다. 하지만 짙은 남아 선호 사상으로 계집애인 내가 근처에 보이기만 해도 매섭게 호통을 치셨다.

　나를 향한 할머니의 무표정한 얼굴과 매서운 눈빛은 내게 두려움 그 자체였다.

나는 조부모님과 부모님이 함께 살고 계셨던 충북 음성군 감곡면에서 오 씨네 막내딸로 태어났다. 우리 집은 머슴이 20여 명이 될 정도로 부유했지만 나는 정서적으로 고갈되어 부유함을 느껴본 적이 없었다.

넓은 집 대청마루에 편하게 누울 수 있었던 건 18살이 되었을 때, 할머니가 돌아가신 후였다.

할머니는 내게 너무도 먼 안채 어르신이었다. 군부 집권 1970년대, 육군 장군이셨던 고모부님은 가끔 우리 집에 바나나와 감귤을 보내곤 했는데, 당시 충북 내륙에서는 구경도 할 수 없던 것이었다. 내 몫은 당연히 없었지만, 어린 마음에 몰래 먹다 할머니에게 수도 없이 회초리로 맞아야 했다.

추운 겨울에는 할머니가 출타 시에만 아랫목에 누울 수 있었는데, 그 따뜻함에 잠들었다가도 할머니가 돌아오시는 소리에 후다닥 잠에서 깨어 이부자리를 정리하고 냉기가 도는 방으로 도망치곤 했다. 할머니의 발소리에 숨소리도 내지 못했고, 할머니의 기침소리에 혼비백산했다. 아픈 일이지만 할머니의 작고는 내게 해방과도 같았다.

우리 가족 중 나를 가장 아껴 주셨던 건 할아버지다. 할머니를 말릴 수 있는 유일한 분이기도 했다. 할아버지는 많은 전답과 방앗간을 소유한 부농의 대지주였고, 우리 집은 500평이 넘는 대저택으로 안채와 바깥채가 구분되어 있었다.

집안에 머슴 아저씨들과 일하는 아주머니들이 많아서 안채와 바깥채에 화장실을 별도로 두고 남녀를 구분해 사용했다. 육송으로 지은 우리 집 대문은 마치 대궐의 대문같이 크고 무거웠다. 할아버지는 늘 따뜻한 미소로 날 반겨주셨고, 예쁘다, 괜찮다 하시며 내가 뛰어놀게 해주셨다. 할머니에게 혼이 나 울고 있을 때면 가만히 머리를 쓰다듬어주시며 내가 울음을 그칠 때까지 기다려주시곤 했다. 하루 종일 할아버지만 따라다니는 내가 귀찮을 법도 했지만 할아버지는 싫은 내색 한번 하지 않으셨다.

'우리 가족이 할아버지 같으면 얼마나 좋을까.' 매일 생각했다.

하지만 할아버지는 내가 다섯 살이던 1967년, 뇌출혈로 세상을 떠나셨다. 인자하고 베풀기를 좋아하셨던 할아버지는 천사가 되어 하늘로 돌아가시고 나는 외로움에 긴 가슴앓이를 해야 했다.

내가 느낀 우리 집은 늘 고요했다. 엄하고 냉랭했고 손에

닿지 않는 듯 멀게만 느껴졌던 가족 분위기에 숨쉬기도 힘들 정도의 억압이 있었다.

게다가 엄하고 무서운 할머니는 내가 밖에 나가는 걸 허락하지 않으셨다.

산책을 하거나 친구들과 어울릴 수도 없었던 나는 늘 집 마당과 뒤뜰에서 혼자 놀아야 했다.

마치 키다리아저씨 집의 높은 담장 너머의 세상을 그리워하는 작은 숨겨진 아이 같았다.

집이 워낙 넓고 방이 많다 보니 혼자 보호자도 없이 덩그러니 방에 툭 떨어져 잠을 재우고, 어린 시절부터 내게 혼자라는 것은 극도의 불안감과 외로움이었다.

할머니 친정 조카인 5촌 당숙아저씨가 방학 때 나를 아저씨 댁에 데려 가실 때 나는 너무나 행복했다. 당숙집의 좁디좁은 집 안에서 5남매가 옹기종기 화롯가에 모여 된장찌개 먹으면서 장난을 치고 강가에서 자유롭게 놀고 부모님의 사랑을 받는 모습이 너무나 부러웠다. 인간의 정이 있고 따스한 사람 사는 곳 같았기 때문이다.

그 따스한 인간미를 지닌 가정이 지금까지 내가 유일하게 만나는 혈육들이다.

남아선호사상이 강한 가부장적인 집안에서 원치 않는 계집아이의 생명으로 태어나 절대적으로 사랑을 받을 수 없었던 미움의 대상으로 정서적 핍박을 겪으며 자라야 했던 나는 어릴 적 뼛속 저리도록 외로웠고, 청소년기에는 이해하기 어려운 모호한 가정 환경 속에서 죽음을 짙게 생각하며 오랫동안 몸부림치는 고독과 외로움을 경험했었다.

아버지 그리운 내 아버지

　　1920년생으로 생존해계신다면 102세 되신 부친은 멋쟁이 신사였다. 아버지는 일제 강점기 때 경성에서 신식 교육을 받은 엘리트로, 1956년 제2대 지방의회 충북 음성군 감곡면 의원을 하셨다. 영어, 중국어, 일본어에 능하시며 책 읽기를 즐겨하셨던 아버지의 영향으로 나도 일찍 책을 접하게 되었다. 아버지는 '삼성약방'이라는 약방을 하셨는데, 1960년대 신민당의 중책을 맡으신 일로 민주공화당의 탄압을 받아 약방은 문을 닫게 되었다. 이후 여당에 투쟁하는 초야의 인사로 힘든 삶을 사셨지만, 아버지는 언제나 미소를 잃지 않았다.

　　아버지는 부지런한 생활 습관과 나눔으로 많은 사람에게 존경받는 분이셨다. 내게 아버지는 신(神)과 같은 존재였다. 모든 인간을 향해 변함없고 너그러운 사랑을 베푸는 신. 아버지께서 보여주신 삶의 모습은 내게 깊은 신뢰를 주었고,

나는 아버지와 같이 나눔을 행하는 사람이 되고 싶었다. 지금의 내가 가진 긍정적인 에너지는 아버지로부터 물려받은 것이다.

1978년, 아버지가 선 빚보증이 잘못되어 전 재산이 경매에 넘어갔을 때, 아버지는 마지막으로 고모부님께 도움을 청했다. 당시 고모부님은 박정희 대통령 군사 정부 때, 중앙정보부 고위 육군 장군이셨는데, 정당과 이념이 다르다는 이유로 아버지에게 도움을 주지 않으셨다. 더는 도움 받을 곳이 없었던 우리 가족은 '가난'이라는 것을 처음으로 겪게 되었다.

나는 고등학교를 중퇴해야 했다. 어머니는 여자는 더 공부할 필요가 없다고 했지만, 우리 집은 1960년대에 고모들이나 형제들이 서울로 유학을 하여 고교, 대학을 나온 명문가였다. 나보다 스무 살이나 위였던 둘째 언니도 대학을 나왔다. 어머니는 끝까지 등록금 때문이라는 말은 하지 않으셨다. 아무리 어려워도 부모님은 주위에 궁핍한 모습은 절대 보이지 않으셨고 서로 내색도 않으셨다.

어머니와 자퇴서를 내고 학교에서 집으로 돌아오는 길은 평소의 몇 배나 더 멀게 느껴졌다.

파산으로 인해 아버지의 건강은 급격히 나빠졌고, 간경화와 뇌졸중 병환으로 아버지는 와병 환자가 되셨다. 형제들이 모두 결혼해 독립한 상황이었기에 내가 가장이 되어야 했다.

초등학교 5학년 때 담임 선생님은 지금도 찾아뵙고 있는데, 내 자퇴 소식을 들으시곤 절대 공부를 포기하지 말라고 하셨다. 하지만 돈은 벌어야 했기에 나는 선생님의 추천으로, 청주에 사시는 선생님의 동료 교사 댁에 입주 가정 교사로 들어갔다.

그리고 1981년 전화교환원기능사 2급 자격시험에 합격해 청주 강서 우체국에 출근하게 되었다. 나는 그간 모은 돈으로 부모님께 돈사를 지어드렸고, 우체국에 다니면서 돼지 사육 일을 도왔다.

1983년, 사료 값을 아끼기 위해 정신없이 일을 하는 도중, 갑작스러운 전염병으로 돼지 파동이 일어났다. 멀쩡하던 돼지를 뒤뜰에 묻어버릴 때, 나는 그동안의 내 시간과 땀을 함께 버리는 것 같은 기분이었다.

결국 집까지 경매로 넘어갔다. 악착같이 우체국을 다니면서 모은 돈으로 급매물 집을 샀다. 읍내에서 떨어지긴 했지만 대지 128평에 건평 25평이나 되는 집이었다.

부모님은 기뻐하셨고 나는 부모님께 도움이 되었다는 생각에 행복했다.

나는 20대에 구두를 신어본 적도, 멋을 부려본 적도 없었다. 대학 다니고 유학을 다녀와 좋은 직장을 다니는 사람들을 볼 때면 부럽기도 했지만, 각자의 운명이 다르듯 주어진 환경과 사회적 요인이 달랐기에 나는 부모님을 위하여 희생했던 젊은 날 시간들을 후회하지 않는다.

나는 남들보다 조금 더 아픈 성장통을 겪었을 뿐이다.

1986년대 아버지께서 67세의 연세로 돌아가시기 전까지 부모님과 함께했던 소소한 일상의 추억들이 지금도 행복과 그리움으로 내 가슴속에 짙게 남아있다.

늘 공부하시고 사회 지도층으로 살다 가신 열정적이던 아버지 영향력일까?

내 삶은 끝없는 노력과 학습과 열정으로 60년을 살아오고 있다.

현재는 오산대학교 사회 복지 상담과 겸임교수로 학생들을 가르치고 있으며 (사)대한민국가족지킴이를 창립하여 10년간 이사장으로 재직하고 있다.

진행하는 주요 교육은 가족 해체 예방 교육, 여가 복지 인식 교육이고 수많은 이들에게 학습의 동기부여를 돕고 학업을 연장하여 그들이 성장할 수 있도록 안내하는 멘토교수자 역할을 하고 있다. 검정고시를 보게 하거나, 대학, 대학원을 입학하도록 멘토하고 학습시킨 제자들이 150여 명이 된다.

학교 밖 청소년들을 3년간 교육하여 검정고시 합격 후 전원 서울시 소재의 대학에 합격시켰을 때 보람은 남달랐다. 60대 후반에 방송통신대학에 입학 후 공부를 시작하여 여든이 될 무렵 박사학위를 취득한 노인도 계시고, 다양한 사람들의 학습멘토를 하며 느끼는 행복지수와 보람은 상당히 크다.

그래도 채워지지 않는 학업의 목마름으로 입학 시즌만 되면 학교 홈페이지들을 열람해서 좋은 전공이 있는지 확인하는 게 습관화되다 보니, 대학원마다 주요 장점들을 많이 알게 되어 학생들에게 홍보하고 안내하는 조력자 역할을 톡톡히 하고 있다.

나는 오늘도 누군가의 학업에 대한 열정의 대답 소리를 기다리며 누군가의 마음을 두드리고, 세상을 두드린다.
언젠가는 희망의 소리와 함께 문이 활짝 열릴 것이라 믿으며!

나의 여학생 시절

나는 청주교구청 소속 가톨릭에서 운영하는 매괴 초등학교에 입학하여 3학년 때까지 담임 선생님이신 수녀님께 수업을 듣고 성장하였는데, 초등학교 건물이 구한말에 지어진 것이라 붕괴의 위험이 있어 근처 일반 초등학교로 전원 이적하게 되었다.

음성군 감곡 초등학교로 전학을 가니 기존의 학생들의 편 가르기와 일명 "왕따"가 심했다. 그래도 적응을 하며 고학년을 마치고 졸업한 후 다시 청주교교구청 소속 가톨릭에서 운영하는 여학교로 진학했다.

당시에는 수녀님이 교장 선생님이셨는데 그분이 가르쳐준 교훈을 지금도 기억하고 있다. '여성은 맵씨, 솜씨, 마음씨 3가지를 갖추고 성장하면 요조숙녀이다'라는 말씀이다. 이젠 거의 돌아가신 선생님들이 많으시고 현재까지 연제숙 국어 선생님, 김덕봉 체육선생님을 가끔 찾아뵈며 나이 들어가고 있다.

우리학교 교화는 장미였다. 5월이면 교정에 장미꽃 향기가 후각을 자극해오고 6월이면 학교 옆 동산의 진한 아카시아 향기가 수업 시간 창문 넘어 침범해왔다.

친구들이 나를 기억하기를, 공부 잘했고 예뻤고(?) 밝고 쾌활했고 혼자 책을 많이 끼고 다니더라는 것이다.

사실 나는 집안에서 은둔형 외톨이였지만 외부에서는 절대 드러내지 않고 밝고 쾌활한 행동을 했다.

용돈을 모아 삼중당 문고에서 파는 미니도서를 사서 성모 광장 성모마리아상 앞에 앉아 책을 읽을 때가 가장 행복했었다.

나는 어려서부터 책을 많이 읽는 습관이 있었다. 삼중당 문고의 책을 사서 모을 때마다 부자가 된 기분이었다.

나는 학교 다니면서 남학생과 교제해본 적이 단 한 번도 없었다. 한동네에 사는 1년 선배를 마음속으로 짝사랑 했는데 그 선배는 다른 여학생과 교제하고 있었고 내 마음속엔 오롯이 그 선배만 있다 보니 다른 누구와 교제할 수 있는 그런 마음의 여유가 없었다.

고등학교 때, 앵두가 많이 달린 여름날, 그 선배에게 마음

고해를 했는데 선배는 정색을 하며 못 들은 걸로 하겠다고 나를 밀쳐냈다.

참 아프고 시린 짝사랑의 결말이었다.

아름답고 순수했던 짝사랑의 환영이 평생 나를 지배하기도 했었으나 이제는 기억 속 지우개로 조금씩 지워지듯 엷은 추억으로 남아있다.

중학교 3학년 때 심하게 아팠다.

그때 당시 충북에서는 청주여자고등학교가 제일 유망한 학교라 청여고 진학반 수업이 따로 있었는데 학교를 1개월 이상 출석하지 못해 수업에 빠지다 보니 청주여고를 진학할 수가 없었다. 할 수 없이 경기도 이천 장호원 여자고등학교로 진학하였다. 그마저도 아버지께서 뇌졸중으로 쓰러지신 후 와병생활이 이어지다 보니 결국 등록금 납부가 어려워 중도 자퇴를 할 수밖에 없었다.

짧은 여고시절의 추억이 사진 몇 장으로 남아 있다.

중학교 때부터 장기자랑에 나가 노래, 시화전, 조작, 시낭송, 연극 주인공 역할을 하였던 나는 고등학교에서도 축제 때마다 장기자랑으로 여러 번 연극을 하곤 하였다.

집에서 고등학교까지 가는 거리는 1시간 거리였는데 집 앞에 와서 자전거로 태워다 주는 친구, 선배가 있었다.

한번은 자전거에 동승하여 열심히 달리다가 수로에 빠져 심하게 다친 상흔이 지금도 팔에 남아 있다.

수학여행은 한 번도 가본 적이 없다. 고등학교 때 돌아가신 할머님의 엄명 때문이었다. 계집애는 밖에서 자는 게 아니라고. 불국사 수학여행은 금기사항이었다.

할머니가 돌아가신 1979년도에야 나는 해방된 영혼이 되었다. 지금 생각해 보면 할머니는 강직하셨고 매우 정직하시고 꼿꼿하신 어른이셨다.

나는 할머니가 무섭고 두려울 뿐이었는데 할머님의 그 가르침으로 지금의 내가 올바르게 살려는 정신력을 갖게 된 것은 아닌지 모르겠다.

여학교 때 스승님들께서 한두 분씩 세상을 떠나시고 나이 들어가며 가끔 고향에 가서 모교를 돌아보게 되는데 이미 예전 교정은 사라지고 새로 지은 학교들이라 낯설기만 하다.

어릴 적 나는 항상 깨끗한 하얀색의 꽃과 혼자 책읽기를 좋아하는 감성 풍부한 소녀였다. 나이 들어가며 감성에 때가 묻어나는 노후함을 겪고 있지만 마음속은 예닐곱 그대로 여린 감성을 지니고 있다.

마흔세 살 검정고시 합격과 학업

나는 30대 초반부터 부동산 사업을 시작해서 돈을 벌기 시작하였다.

이어 IMF 외환 위기 때 부동산으로 40억 가까이 생각지도 못한 큰돈을 벌게 되었다.

돈은 블랙홀처럼 사람들을 내게 모여들게 했고, 나는 다가오는 사람들을 의심하지 않았다. 사람들은 내게 토지를 매매해 전원주택 단지를 지으라고 했다. 나는 그들의 말을 믿었다. 전원주택 단지를 지으려면 농지 원부가 있어야 했는데, 나는 해당이 되지 않아 대리인을 세워 사업자를 내야 한다고 했다. 사기일 거라는 건 생각도 하지 못했다. 그렇게 나는 그들의 말만 믿고 사업을 시작했다가 결국 돈을 잃었다. 믿을 수 없는 현실이 찾아오는 순간은 매우 짧았다. 변호사를 선임했지만 재판을 진행하면서 법적용어뿐 아니라 그 해석도 이해하기 힘들었다. 그제야 나는 나의 무지함을 깨달았다.

내가 공부를 시작하게 된 건, 돈을 벌기 위해서가 아니라 물거품 같은 돈을 털어 버리기 위해서였다. 돈으로 해결할 수 있는 일만 찾던 과거로 돌아가고 싶지 않았다. 돈으로 해결하는 일은 결국 돈으로 무너진다는 걸 깨달았다.

2004년 4월, 연습 삼아 학원에 사나흘 다니고 독학하여 대입 검정고시 시험을 봤는데 덜컥 합격을 했다. 빈털터리가 되어 다시 시작한 공부는 내 삶의 가치관까지 바꿔주었다.

얻어지지 않는 돈에 대한 욕심보다는 자신의 꿈을 찾고, 능력을 키워 나가는 게 건강한 삶이라는 것을 깨닫게 된 것이다. 검정고시 합격 후 2004년 가을 학기에 대학에 입학하여 18년 동안 지속적으로 공부하고 있다. 학사, 석사, 박사를 마치고 타전공으로 학사 공부를 다시 하고, 다른 전공 박사 학위를 다시 취득하며 새로운 학문의 경이로움에 감사와 감탄을 느끼고 있다.

헛배 부른 인생에 허기진 지식의 깊이를 채워주는 학업이 완성되기까지 나는 끝없이 공부를 할 것이다. 새로움을 배울 때마다 항상 긴장되고 값지게 느껴지는 것은 날마다 새로 채워지는 얻음에 대한 행복감 때문이다.

또한, 검정고시의 훌륭하신 선배님들을 비롯한 모든 동문들과의 만남은 인간관계의 축복이라고 생각한다.

또한 62회를 이끌어온 역대 회장단들의 노력으로 범우회 역사를 만들어준 노고에 감사함이 크다.

막둥이의 학부 수석 성적표

2015년 1월이다.

막내가 대학교에서 2년 동안 4.5만점 학점을 받더니 지난 겨울 방학 내내 본인이 가고 싶은 대학 편입 준비를 했었다. 세종대학교와 상명대학교 두 군데 편입학원서를 냈는데 세종대는 6명 편입생 모집에 120명이 응시하였고 대기번호 11번이라며 "엄마~ 나~ 떨어졌어 흑흑흑"하고 문자가 왔다.

그래도 혼자 열심히 하는 모습이 너무 예뻐서 고맙다고 했다. 1년 쉬면서 더 많은 노력으로 원하는 좋은 학교 기대해보자고 했다.

그런데 곧바로 막내에게서 전화가 왔다.

"엄마! 제가요. 상명대 3학년 편입 합격했어요. 4명 뽑는데 8대1 합격이에요. 등록금 이번 주까지 내래요~ 호호호~~"순간 반가워해야 할지 울어야 할지!

등록금 때문에 떨어지길 바랐는데 덜컥 합격이라니! 극동대에서는 장학생이었지만 상명대는 일반편입이라 우선 등록금부터 더럭 겁이 났다. 귀갓길에 합격에 신이 난 막내가 계속 카카오톡 문자를 보내온다. 520만 원 등록금과 입학금을 준비해야 하는데, 다음 학기부터는 죽어라 공부해서 장학금 좀 타려나 걱정도 되고 여러 생각이 교차되었다. 서울대학교에 다니는 아들과 극동대학교에 다니던 막내가 그동안 장학생이라 공짜로 대학을 다녀서 걱정 근심이 없었는데 이젠 대학생 학부모로서의 학자금 고민이 생기는구나 싶어 푹푹 한숨을 내쉬었다.

　딱히 어느 곳에 손 벌릴 곳이 없었다.

　그래도 힘들게 마련해서 등록금을 보내고 난 뒤 천안캠퍼스에서 부천까지 통학이 어렵다면 자취방을 구해달라고 해서 1년분 월세를 선납하여 구하고 생활비를 미리 주니 1,000만원이 들어갔다.

　엄마의 부담감을 이해하는지 막둥이는 학기 중에도 집에 오지 않고 도서관에 있더니 1학기 성적이 학부 수석이 되어 등록금 면제 전액 장학생이 되었다.

　막내는 2015년 1학기가 끝나고 방학하자마자 호텔의 레스

토랑으로 알바를 구해서 제주도로 내려갔다.

방학동안 계속 일만 하고 2학기 개강을 하여 마음이 안쓰럽고 대견했다.

막둥이는 역시 엄마를 실망시키지 않았다.

그래서 다시 한번 감사하다.

최고다. 막둥이 내 딸!

결국 막둥이는 1학기만 등록금 납부하고 졸업할 때까지 끈질긴 노력을 해서 연속 장학생이었고, 우체국 알바, 학교 도서관 알바 등 쉬지 않고 노력해서 스스로 자기 계발을 했으며 상명대학교에서 학과 수석으로 졸업을 했다.

 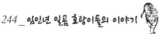

아들의 서울대학교 졸업식

아들이 서울대학교를 졸업하던 날이었다.

혼자 아이들을 키워온 나는 아들이 학원도 안 다니고 서울대학교를 정시 합격하고 난 후 세상을 다 얻은 듯 어깨에 힘이 들어갔었다.

아이 아빠의 재혼으로 양육비도 안 받고 혼자 아이들을 양육했던 나로서는 아이들 친가 식구들에게 매우 떳떳해졌다.

그리고 아들은 스스로 공부해서 등록금 큰 부담 없이 학업을 마쳤다.

서울대학교 졸업식 하는 날 보람과 기쁨의 마음으로 행복해서 학위수여식에 갔더니 남매는 급하게 졸업사진을 찍고 안양 본가에 간다며 학위복과 졸업장을 싸들고 할머니 댁으로 갔다.

나는 아들이 학사모라도 엄마에게 씌워주길 기대하였는데 우선 본가의 할머니께 가고 싶어 하는 것 같아 그렇게 하라고 보내주었다.

할머니는 손자의 졸업에 기뻐하며 본가 가족들과 고깃집에서 회식을 하였고 아들은 할머니께 서울대학교 졸업 가운과 학사모를 씌워드린 사진을 보내왔다.

"그래~ 참 잘했다"하면서도 내심 뭉클 무언가 모를 서운함이 밀려들었다.

사람 마음이 묘하게 이중적이다. 분명 아들이 친가 가족들과 돈독히 지내는 건 잘하는 일인데도 늘 같이 살고 있는 내 마음이 서운한 건 무엇 때문일까?

혼자 열심히 자녀들을 오랜 기간 양육하였지만 텅 빈 듯한 긴 외로움은 내 몫이었나 보다 하고 한숨을 토해냈다. 그리고 "그래… 우리 아이들이 행복하면 돼! 난, 괜찮아!"하며 스스로 위로하였다.

명절날

나의 아이들이 어릴 때였다.

명절이면, 깜깜한 새벽에 아이들 본가인 안양으로 향했다.

아이들이 본가에 가서 제사를 모시고 어른들께 세배를 드리기 위한 길이다.

할머니가 나오셔서 본가로 아이들을 데리고 가시면, 나는 기름값 아까워 차에 시동도 끈 채 담요를 덮어 아이들이 제사 끝내고 가족들과 식사하고 성묘 다녀오는 6~8시간 내내 하염없이 밥도 굶으면서 근처에서 기다렸다가 차에 태워 다시 우리 집으로 데려오곤 했었다. 아이들의 조부모님과 할아버지의 많은 형제인 작은할아버지 댁과 큰삼촌네 가족들, 작은삼촌 가족들, 당숙 등 총 50여 명은 족히 되는 넉넉하고 화목한 집안의 풍경이 아이들의 본가의 모습이다. 왁자지껄 시끄러운 소음 속에서 화목한 질서를 잡아온 행복한 집안이 아이들, 어릴 때 "이혼"이란 멍에로 나와는 단절되었지만 자식들에게는 혈육이고 뿌리이니 본가에 가라고 등 떠밀어 보내온 세월이 아이들에게는 친숙한 친가를 만들어 주었다. 본가 가족들을 자주 만남으로 가족 구성원의 소속감을 갖게 하고 싶었던 것이다.

물론 오래전 재혼한 아이 아빠의 부인의 입장에서는 상당히 불편했을 것이다. 그러나 자식들이 한부모 가족의 편파적 분노보다는 양가의 가족애를 배우고 엄마처럼 외로운 삶보다는 대가족에 적응되는 삶의 행복을 느끼길 원했다. 아이들의 본가는 항상 할머니의 사랑이 따스하고 정이 가득한 집안이다. 아이들이 성장한 후 명절에 자기들 스스로 본가로 떠나고 나면 혼자 우두커니 떡만둣국을 먹다가 외로워서 목이 멘 적도 많았다.

해마다 겪는 일인데도 왜 명절 때면 덧없이 외로울까?
나는 유년기 때부터 언제나 늘 외로웠다.

그래도 우리 아이들은 가족이 많아서 행복하길 진심으로 기원하기 때문에 나의 외로움은 극복할 수 있다.
내 아들딸들은 정서적으로 행복했으면 좋겠다.

우리 집 장례문화

　우리 세대는 부모 세대들의 작고로 장례식장을 찾는 일이 빈번하다. 또래의 부모님들이 연로하시다보니 부고 문자를 자주 받는다. 하다못해 시댁, 친정, 처가, 본가, 부모님 상까지 많은 조문 문자가 쇄도한다. 현대에는 문자나 카톡으로 부고 안내를 보내오고 인터넷뱅킹으로 부조금을 전달하는 바쁜 세상에 살고 있다. 예전에는 부고장을 우편으로 누런 봉투에 담아 보내거나, 인편 전달해서 원거리에서 조문객이 도착하는 데 오랜 시간이 걸렸었다. 백색전화도 없던 시절, 1967년 우리 할아버지가 돌아가시고 집에서 7일장을 치르셨다. 그 당시 동네 사람들 중 약방을 운영하고 방앗간을 운영하던 우리 집에 와서 허드렛일 거들며 끼니를 해결했던 이들이 많았다.

　돼지를 잡고 커다란 가마솥에 불을 지피던 기억이 어렴풋이 생각난다. 가난하던 시절 부잣집의 초상 때 마을사람들이 나눠 먹던 문화가 있었다. 거지들도 사랑채 밖에서 떼를 지어 끼니를 해결했었다. 돌아가신 분들이 남기고 간 것을 나눠먹는 이웃의 정으로 내겐 기억되고 있다. 할머니는 1979년 10월에 돌아가셔서 5일장을 치렀다.

그때는 서울 막내 고모님 댁에서 돌아가셔서 객사하셨다고 도끼로 문지방을 찍고 대청마루에 안치되어 춥게 장례를 모시던 기억이 난다. 그때 역시 아버지께서 왕성하게 지역 활동을 하시던 분이라 집안이 인산인해를 이루던 때였다. 집안 안채 사랑채 모두 조문객과 동네 사람들로 넘쳐났었다. 감곡면 오향리 뒷산에 할아버지와 함께 합장되셨다.

1986년 여름 아버지께서 돌아가셨다. 중학교 이후 서울로 유학 가서 고등학교, 대학교를 다니고 고향을 떠나 친인척이나 동네 어르신들과 교류가 거의 없었던 큰오빠가 상주가 되니 조부모님 때와는 확연히 다른 장례 모습이 나타났다.

집에서 3일장으로 모시다가 고향의 천주교 공원묘지에 안장되셨다.

천주교식 장례는 하느님 곁으로 돌아가셨으니 축복된 죽음이라고 크게 소리 내고 울지 않는 것이 관습이어서 조용히 울어야 했다.

아버지를 모시고 상여가 집에서 떠나가고 난 뒤 집에서 뒷정리를 하던 나는 아버지가 와병으로 누워 사용하시던 이불을 뒤집어쓰고 소리 내어 꺼이꺼이 목 놓아 울었다.

나는 아버지의 임종도 못 보게 하여 볼 수 없었다.

장례식에도 참석하지 말고 집에서 뒷정리를 하라고 어른들이 말씀하셔서 아버지가 묻히시는 모습을 볼 수가 없었다.

1992년 아들이 급성 장염으로 입원하였다가 의료 사고로 27개월 살다 새벽에 숨을 거둔 뒤 오후에 화장을 했다.

그때 충격으로 편마비가 왔었고 정신적 혼란을 겪었다.

아이를 부검하여 원인 규명 후 손해 배상을 청구하자는 이야기가 나왔지만, 아이 아빠를 설득하여 조용히 장례를 치르자고 의견을 봤다.

성남 화장터로 가기 위해 오후 4시에 사망한 아이를 영안실에서 꺼내니 꽁꽁 얼어 있었다.

작은 아이의 몸에 주사 바늘 자욱이 퍼렇게 여기저기 나타나 있었고 어른 관에다 짚을 섞어 아이를 안치하는데 눈물이 쏟아졌다.

화장터에서 화장을 하고 유골을 받아들고 시댁이 불교라 안양 청계사 절에서 장례예불을 드리고 청계산에 뿌리고 내려왔다.

그날 비는 부슬거리며 내리는데 왜 그렇게 서럽던지 하염없이 눈물을 흘렸다.

아이가 죽은 후 부의금과 아이용품, 유아책, 장난감 등 모두 홀트아동복지관에 전달하고 아이를 잊으려 부단한 마음의 노력을 했었다.

길러주신 어머니께서는 2006년 여든여섯의 연세로 울산 큰언니 댁에서 고령으로 돌아가셨다. 울산에서 4일장을 치르고 화장하여 고향 음성 감곡으로 모시고 와서 아버지와 합장해드렸다. 이때는 어른들이 모두 돌아가신 후라 장례에 편히 참석할 수 있었다. 나이 들어가며 가족으로 인정받는 순간이기도 하였다.

2012년 6월, 내 앞에서 노쇠한 노인의 모습이 된 낳아주신 어머니의 모습을 지켜보며 용서라는 단어를 생각했다.

2006년 평생을 함께했던 길러주신 우리 엄마가 돌아가셨을 때, 세상 떠나신 엄마의 주검 앞에서 한없이 슬프더니 친어머니의 임종을 지켜볼 때는 내내 한 여인의 삶을 떠올리게 되었다.

평생 나를 외면하던 친어머니께서는 2012년 5월 11일 급성 말기암 진단을 받으신 후 고뇌하다 나를 찾으셨다. 급히 입원 중이던 병원으로 찾아뵈니 그동안 서운했던 말들을 모두 하라고 하셨다. 백일 때 헤어지고 밥 한 끼 얻어먹어본 적 없어서 엄마 밥을 먹고 싶다고 했는데 주님께서 모녀가 재회의 기쁨을 나눌 시간도 주지 않고 어머니를 하늘로 인도했다.

그녀가 세상을 떠나는 순간 나는 어머니 귀에 대고 말했다.

"사시느라고 고생했어요. 이제 편히 쉬세요~ 사랑해요."

끝없는 화두와 갈등 속에서 그녀는 내게 안겨 사랑한다는 말씀은 끝내 남기지 않은 채 미안하다고만 세 번 하시고 눈을 감으셨다.

화장장에서 재로 사라지는 친어머니를 바라보며 한없이 소리 죽여 울었다.

단둘이 모녀간에 허심탄회하게 대화를 나누고 싶었다.

함께한 세월은 없지만, 나를 세상에 존재케 했고 마지막 떠나는 길에 임종을 지키는 것으로 자식 노릇하게 해준 마음이 감사했다.

그렇게 한 많은 여인의 가슴속을 이해하고 용서하고 편히 보내드렸다.

나는 살아오면서 우리가족 조부모님(1890년대생), 부모님(1910년~1930년대생), 자식(1990년대생)의 장례를 모두 지켜보았다. 어렸을 때이다 보니 어른들의 장례 문화는 고인에 대한 슬픔보다는 많은 분들이 함께 어우러져 나눠먹던 음식문화와 함께 하는 정이 커다란 기억으로 남아 있다. 결국 죽음 뒤에 떠나는 자와 살아있는 자의 흔적과 기억이 존재할 뿐이다. 다행인 것은 어느 죽음이든 내게는 그들을 추모하는 아름다운 기억이 많다는 것이다.

떠나간 영혼들에게 원망과 회한을 남겨서는 안 된다.

서운함이 있다면 용서라는 단어로 가시는 분들을 편히 보내 드려야 한다. 우리도 날마다 죽는 길을 향해 살고 있기 때문이다. 삶의 문화에 따라 장례문화에도 많은 변화가 왔다.

2일장도 괜찮다는 네티즌들의 의견에 찬성하지만 별세하시는 시간이 오전이면 2일장도 무난하나 늦은 시간 돌아가셨는데 다음 날 바로 화장하는 것은 만에 하나 숨이 멎은 뒤 기적처럼 다시 살아날 수 있는 기대의 시간마저도 기다려주지 않는 것이라서 위험하지 않을까 싶다. 시신을 염을 했던 것은 산에 안치했을 때 짐승들이 시신의 냄새를 맡고 묘를 파헤쳐 꺼내 훼손하는 것을 방지하기 위함이라고 들었다. 이제는 매장 문화보다 화장 문화이니까 편안히 가실 수 있도록 평소에 가장 빛나던 옷을 정갈하게 입혀드린 후 보내드리는 것이 옳은 방법이 아닐까 한다. 떠나보내는 고인을 추억하며 생전에 하셨던 어록이나 모습을 회상하며 조용하고 평안하게 고인을 보내드릴 수 있는 장례 문화로 바뀌는 것이 지혜롭지 않을까 하는 개인적 견해이다.

또한 보건복지부 장사법이 바뀌어 이제는 골분(화장한 후)

을 수용성인 전분 항아리 등에 담아 지면을 30cm 이상 파서 묻는 것이 집안 정원에서도 가능해졌다.

우리나라 장례 문화는 주거지에서 먼 곳에 고인들을 모셔 놓고 가끔씩 추모하는 형태이나, 일본, 캐나다, 네덜란드 등처럼 집 근처 혹은 집안에 유골을 모시는 관습도 있다.

나는 자녀들에게 유언을 미리 남겨놓았다.

화장해서 고향 토지에 평장 묘에 묻어 자연으로 돌아가게 해달라고 했다.

평장 묘를 이야기한 것은, 나 역시 선친 묘소에 들려 가끔씩 뵙고 오면 마음의 안식이 되는 평안을 느끼기 때문에 훗날 나의 사후에 아이들이 엄마를 찾아와 모여들 수 있는 작은 공간의 필요성, 즉 가족 간 소통공간을 만들어놓고 떠나고 싶어서이다.

재소자 상담 이야기

　　법무부 범죄예방위원을 시작으로 교정위원, 교육분과위원장을 맡고 봉사한 지 벌써 11년이 되었으나 이전에 민간단체에서 출소자 교화 상담을 맡았던 것까지 합치면 벌써 25년이 되도록 오래 상담을 해왔다.

　　그동안 집중 인성 교육을 통해 만났던 교육 이수자들이 5000여 명이 넘는다.

　　사연들은 다양한데 그중 기억에 남는 두 사람이 있다.

　　둘 다 살인범이었고 모범수로 만기 출소하여 사회에 복귀하였는데, 한 사람은 입양아였다. 10대 후반에 살인으로 교도소 있는 동안 파양이 되었고 출소 후 집으로 돌아갔더니 연로하신 부모님은 작고하신 상태였다. 사회에 복귀하려고 해도 전과자라는 낙인으로 일상적인 생활을 할 수가 없었다. 나는 재범을 통해 다시 교도소에 들어갈 생각을 하던 그의 상담을 맡게 되었다.

긴 상담 끝에 지자체로부터 도움을 받기로 하고 학업을 시작하고 회사도 다닐 수 있도록 이끌어주었다.

현재 그는 중소기업 대표이며 결혼도 하여 자녀를 둔 성실한 가장으로 열심히 살아가고 있다.

다른 한 사람은 개인택시를 운행하는 사람이었다. 그 역시 화를 못 참고 우발적으로 벌인 살인 때문에 복역을 하였지만 가족들의 지지와 응원으로, 특히 아내의 힘으로 사회에 복귀하였다.

함께 봉사 활동을 하는 동안 내면의 고뇌를 상담해주며 많은 위로를 건네었다.

생명을 구하는 봉사 활동에 굉장히 열정을 다하는 모습에서 죄를 지었지만 반성하고 참회하며 사회에 적응하려는 그의 노력을 볼 수 있었고, 그것이 기억에 남는다.

구치소와 교도소 인성 교육에 들어갈 때 나는 많은 재소자들과 대화를 나누며 그들에게 꿈과 희망을 주고 있다.

코로나19로 교육이 잠정 중단되었던 시기에 교정시설에도 코로나가 극심했었고 격리사동 재소자들의 스트레스가 상당했다고 한다.

2년간 안양교도소, 대전교도소, 서울구치소, 수원구치소 등에 마스크 5만 장, 얼음생수 5만 병, 떡 8,000명 분, 음료 수 11톤(3000만 원 상당)을 기업으로부터 후원 받아 갇혀 있는 그들에게 마음을 전하기도 하였다.

2022년 12월 올해 마지막 서울구치소 인성 교육이 남아있다. 재소자들에게 전해 주는 나의 교육 내용은 자아 존재감에 대한 가치관 확립과 사회에 적응할 수 있는 새로운 내면 창출을 강조하고 있다.

한순간의 실수였겠지만 재범하지 않도록 그들 스스로가 자아를 정립하는 시간이 되길 교육 때마다 기도드린다.

회갑 기념 검정고시 친구들의 글 모음집을 마무리하며 다양한 분야에서 친구들이 열심히 살아온 삶에 대한 열정과 노력과 따스한 인간애를 느끼게 되었다.

훌륭한 검우인으로서 친구들의 소개를 하고자 한다.

홍종철 친구의 고운 감성이 담긴 글은 평소 긍정적이고 잔잔한 그의 인격을 대변해주는 듯하다. 유통 사업으로 바쁜 기업인이며 때론 자연을 즐기는 멋진 자연인이기도 하다. 종철 친구 역시 초창기부터 62회 회장을 역임하였고 총동문회까지 동문회를 위한 기여가 큰 친구이다.

이성진 친구는 우리나라 환경 분야의 알려진 전문가이며 대학 교수이다. 유엔의 지속가능한 17개 사업 중 지구 환경에 대한 중요성에 대하여 널리 인지하고 있을 것이다. 이성진 박사는 그 업계의 기업 대표로 활약하고 있으며 62범우회 회장을 역임하였고 지역 활동에 참여하는 등 소신 있는 친구이다.

이재오 친구는 평소의 감성이나 인격 자체가 '순수미'라고 표현을 하고 싶을 만치 항상 긍정적이고 웃으며 맑은 성향의 친구로 62범우회 회장을 역임하였고 총동문회 산악회장으로서 조용히 최선을 다해 봉사하는 멋진 친구다.

이건덕 친구는 현대자동차 서대전지점에서 영업직 차장으로 재직 중이며, 62 범우회에 참여하면서 대전, 세종시 검정고시 동문회 사무국장으로 활동하고 있다.

권영순 친구는 작지만 야무진 성격으로 어느 일이든 최선을 다해 책임지는 성격이다.
검정고시 대구 동문회 재무로 9년째 봉사 활동 하고 있다.
지역 사회에서 난타, 풍물, 장구 등으로 오랫동안 재능 기부를 해오고 있으며 노인 복지 사업을 하면서 노인 및 가족 상담을 진행하였고, 현재 상담학 박사 과정 재학 중이다.

박은영 친구는 천연방부제 같은 순수하고 맑은 글을 제출하였는데 읽으면서 저절로 감탄이 나올 정도이다.
은영 친구의 정신세계의 투명함은 회갑이란 나이가 무색하리만큼 초록초록한 젊음을 느끼게 한다.

이 글을 작성하는 오서진 편집자는 오래전 전국검정고시 총동문회를 가입하여 총동문회 이사직을 맡고 있으며 훌륭하신 동문들과의 교류와 인연에 감사함이 크다.

편집 후기로 스스로 편집자 오서진에게 많은 채찍을 하게 된다. 수필집이 탄생되기까지 여러 난제들이 있었다.

번갯불에 콩 볶아 먹듯 2022년이 지나가기 전 회갑 기념 수필집을 마무리하고 싶은 욕심을 부린 탓에 크고 작은 마찰도 있었고 커다란 출간의 산고도 겪었지만 개성이 다르고 성향이 다르니 그럴 수도 있다고 생각하기로 했다.

한편, 상당히 뛰어나고 대단한 친구들을 뒀다는 것을 다시금 실감한 계기가 되었다.

우리는 신노년 BMZ세대로서 사회 문화에 적응하여 건강하고 신나게 여가를 즐기며 살아갈 것이다.

되돌아온 청춘 같은 60대, 행복한 노년을 위해 서로에게 항상 웃으며 자주 만날 수 있는 좋은 벗도 되어줄 것이다.

끝으로 수필집이 탄생되기까지 기간이 너무 촉박한 상황에서 저비용에 야근하며 지지해주고 도움을 주신 도서출판 행복에너지 권선복 대표님과 임직원들께 다시 한번 진심으로 감사드린다.

역시 긍정에너지 출판사 대표님 맞습니다.

항상 도서출판 행복에너지의 번영과 발전을 기원합니다.

새로운 시대의 주인공이 될 이들을 위하여

권선복
(도서출판 행복에너지 대표이사)

임인년인 2022년, 올 한 해는 다시 일어서는 해였습니다. 코로나19로 인해 단절되고 침체되었던 우리의 일상이 회복하기 시작하면서 빼앗겨 온 삶의 기쁨을 누릴 수 있게 되었습니다. 미소 띤 얼굴로 서로를 마주보고 사랑하는 사람과 함께 마음껏 외출하는 행복. 오랫동안 잊고 있었던 그 자유가 되돌아온 것입니다.

이제 우리는 다시 찾은 일상과 함께 새로운 세상을 준비합니다. 코로나19를 기점으로 전 세계가 정치, 경제, 사회·문화적인 격변을 겪었습니다. 사상 초유의 팬데믹이 남긴 후유증은 감염된 신체를 공격하는 것뿐만 아니라 인류 전체의 생활 방식에도 지대한 영향을 끼쳤습니다. 이에 맞춰 우리에겐 뒤바뀐 삶의 모습에 적응하기 위한 노력이 필요합니다.

황량해진 땅을 다시 비옥하게 가꿔 나가려는 열정

이 있어야 하고 더 나아질 거라는 희망을 잃지 않아야
합니다.

　이 책을 쓴 7명의 작가들처럼 말입니다.

　이 책은 검정고시 동문이라는 인연으로 엮인 7명의
검우인들이 회갑을 기념하여 자신들의 일상과 삶에 대
한 소회, 포부를 적은 책입니다. 이들은 각자의 사정
때문에 학교에 진학하지는 못하였지만 포기하지 않고
자신의 꿈과 배움을 향한 열망을 갖고서 검정고시를
통해 성공의 발판을 마련했습니다. 이들의 열정과 노
력은 여기서 그치지 않고 '신노년'으로서, 'BMZ 세대'
로서 맞이할 제2의 인생에까지 이어지고 있습니다.

　저 또한 같은 임인년생으로서 이들의 글을 읽으며
공감하고 눈시울을 붉히고 자극을 받았습니다. 이들
이 삶을 살아가는 데 있어 보여 주는 적극적인 태도와
꺾이지 않는 불굴의 의지는 가히 청춘을 능가할 만합
니다. 가족을 부양하고 봉양해야 하는 이중의 의무를
지고서 자신의 노후까지 책임져야 한다는 압박감을
갖고 있는 세대지만 이들은 자기 연민 속에 갇혀 살지
않습니다. 세월이 준 상처는 뒤로하고 새로운 청춘을
꿈꿀 뿐입니다.

　겪어 온 역경이 있기에 주어진 것에 감사할 줄 아는
겸손함, 자신이 있는 자리에서 이 사회에 공헌하려는
소신과 헌신, 가족과 벗, 지인들을 향한 사랑, 성공 이후에도 배움을 게을리하지 않는 근면함, 안주하지 않고 변화한 세상에 뛰어들려는 용기와 열정. 이들이 이 책에 담아낸 삶의 모습은 전 세대를 아울러 본보기로 삼아야 할 만큼 경이롭고 아름답습니다. 이제 호랑이의 해는 저물어 가지만 이러한 덕을 갖춘 이들이 앞으로도 자신들의 시대를 당당히 살아갈 것임을 믿어 의심치 않습니다.

특히나 이 책을 출판하기 위하여 주도적인 준비를 하여준 오서진 박사님의 열정에 기운찬 행복에너지 긍정의 힘으로 선한 영향력과 함께 건강다복 만사대길한 행복에너지를 보내 드리며 독자 여러분도 이 책을 읽고서 다가오는 새로운 해의, 인생의 주인공이 되어 자신의 청춘을 펼쳐 나가시길 기원드립니다.

권선복

충남 논산 출생
아주대학교 공공정책대학원 졸업
연세대학교 산학연 기술개발센터 자문위원
중앙대학교 총동창회 상임이사
자랑스러운 서울 시민상 수상
TV조선선정 대한민국을 움직이는 영향력 있는 CEO
도서출판 행복에너지 대표이사 happybook.or.kr
지에스데이타(주) 대표이사 gsdata.co.kr
대통령직속 지역발전위원회 문화복지 전문위원
새마을문고 서울시 강서구 회장
영상고등학교 운영위원장
서울시 강서구의회의원(도시건설위원장)
팔팔컴퓨터전산학원장

행복을 부르는 주문

- 권선복

이 땅에 내가 태어난 것도
당신을 만나게 된 것도
참으로 귀한 인연입니다

우리의 삶 모든 것은
마법보다 신기합니다
주문을 외워보세요

나는 행복하다고
정말로 행복하다고
스스로에게 마법을 걸어보세요

정말로 행복해질 것입니다
아름다운 우리 인생에
행복에너지 전파하는 삶 만들어나가요

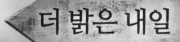

긍정의 힘

- 권선복

우리마음에 긍정의 힘을 심는다면
힘겹고 고된 길 가더라도 두렵지 않습니다.

그 어떤 아픔과 절망이 밀려오더라도
긍정의 힘이 버팀목 되어 줄 것입니다.

지금 당신에게 드리겠습니다.
열린 마음으로 받아들일 수 있는 긍정의 힘.
두 팔 활짝 벌려 받아주세요.

당신의 마음에 심어진 긍정의 힘이
행복에너지로 무럭무럭 자라날 것입니다.

아름다운 사람

- 권선복

아름다운 사람이 되고 싶습니다
내가 말한 말 한마디에
모두가 빙그레 미소 지을 수 있는 힘을 가진
아름다운 사람이 되고 싶습니다.

내가 보인 작은 베풂에
모두가 행복해할 수 있는
선한 영향력을 가진
아름다운 사람이 되고 싶습니다.

말보다 행동보다
모두에게 진정으로 내보일 수 있는
아이같은 순수함을 지닌
아름다운 사람이 되고 싶습니다.

행복

인생은 마라톤

- 권선복

오르막이 있으면 내리막이 있습니다
한 걸음 한 걸음 쉼 없이 달려왔습니다
중도에 포기하고 싶은 순간도 있었지만
자신에게 긍정의 마법을 걸며 달렸습니다

그 순간 가슴 속에 차는 맑은 공기가,
아름답게 펼쳐지는 세상 풍경들이,
더없이 짜릿한 행복으로 다가왔습니다

된다 된다 모두 잘될 것이다 상상하면
아무리 힘든 순간에도 행복할 수 있습니다
그렇게 긍정과 행복의 에너지를
세상 사람들에게 전파하며 살아가겠습니다

행복한 마을

- 권선복

할아버지가 끄는 무거운 손수레를
뒤에서 함께 미는 아이들에게
웃음소리 들립니다

느티나무 그늘 아래 할머니로부터
옛날 이야기 듣는 아이들에게
웃음소리 들립니다

환하고 아름다운
아이들의 웃음소리
맑은 물처럼 샘솟습니다

어른을 따르고 공경하는 아이들
사랑스런 아이들을 향한 어른들의 미소
웃음소리가 가득한 행복한 마을

'행복에너지'의 해피 대한민국 프로젝트!

〈모교 책 보내기 운동〉 〈군부대 책 보내기 운동〉

한 권의 책은 한 사람의 인생을 바꾸는 힘을 가지고 있습니다. 한 사람의 인생이 바뀌면 한 나라의 국운이 바뀝니다. 그럼에도 불구하고 많은 학교의 도서관이 가난하며 나라를 지키는 군인들은 사회와 단절되어 자기계발을 하기 어렵습니다. 저희 행복에너지에서는 베스트셀러와 각종 기관에서 우수도서로 선정된 도서를 중심으로 〈모교 책 보내기 운동〉과 〈군부대 책 보내기 운동〉을 펼치고 있습니다. 책을 제공해 주시면 수요기관에서 감사장과 함께 기부금 영수증을 받을 수 있어 좋은 일에 따르는 적절한 세액 공제의 혜택도 뒤따르게 됩니다. 대한민국의 미래, 젊은이들에게 좋은 책을 보내주십시오. 독자 여러분의 자랑스러운 모교와 군부대에 보내진 한 권의 책은 더 크게 성장할 대한민국의 발판이 될 것입니다.